水军海峡二重奏

许台英 著

作家出版社

谨以此书

送给先夫惠民及长女则济利亚·芸

目 录

序

陈思和

　　台湾作家许台英女士的中篇集《水军海峡二重奏》要在中国大陆出版，嘱我为之写一篇序言。那个时候正是放寒假的时候，我手头已经着手在做其他的工作，于是与许女士打了招呼，说是可能要拖延一些时间再写。许女士很爽快地允许了。但没有想到，我总是被杂务缠身，一拖就拖了几个月，挨到五月假期，我才抓紧时间读完了这部小说集。这里包括了两部中篇小说，内容上是各自独立的，创作时间也非同时。《水军海峡》创作于1986年，《长崎·山口的爱与死》创作于2008年，两者都在2012年进行了修订再版，成为一曲"二重奏"。现在，作家出版社要把它介绍给大陆的读者，我觉得是一件很好的事情，因为这部小说集的出版，对于我们当下的华语文学创作是一种有力度的冲击。

　　我见过许台英女士一面，是她应邀来复旦参加诗人狄金森的学术会议，那天我也正在主持一个学术会议，匆匆地在宾馆大堂里聊了一会儿，给我的印象，许女士是一个热情温柔，又有宗教信仰的女士。但是我阅读她的小说却有另外一种感觉：她的文字往往透过世俗生活细节的描写，却把读者引向了形上的精神高度。这是非常难得的。华语小说创作，尤其在中国大陆的文学创作，一般注重感性和生活细节，上世纪90年代以来，逐渐形成了以讲述世俗故事为主要形式的小说叙事，无论是完善故事，还是有意拆解故事突出叙事形式，基本上是以描述世俗生活为主要画面，而在抽象层面上的进行理性、思辨的精神探索，总还是欠缺的。但是在台湾文学创作领域，始终保持了这样一种高贵的叙事形式。前几年香港浸会大学颁发的世界华语文学大奖"红楼梦奖"授予台湾作家骆以军的《西夏旅馆》就是一个典型的例子，他的先锋小说的叙事形式在大陆文坛上几乎是广陵散绝唱。我读许台英的小说也有类似感觉，虽然不像骆以军那样的先锋意识的自觉，但是一种精神高度已经熔铸在文字描写里，读上去不由得让人肃然起敬。

《水军海峡》和《长崎·山口的爱与死》都有一个世俗故事作为叙事的表层，前者写了一个东北籍的造船工人颜仲跋（绰号盐巴），父亲和祖父都死于日本关东军的屠杀之下，他的妻子又被日本人诱骗，携子私奔日本四国岛。盐巴怀着对日本不共戴天的国恨家仇，来到日本四国岛一家船厂工作，但其主要目的是来寻找失踪的妻子和儿子。而另一个故事是：一个名叫奥斯定·H的男性台湾公民，本来是一个造船业的工程师，事业有成，同时也建立了美满的家庭，妻子是一位作家，但他在遭遇了一系列事业上的挫折以后，铤而走险去从事商务活动，不幸身患绝症，终于一走了之，成了一个似乎是失踪或被软禁的人。我们从这两个故事的寓意来看，都涉及到人的孤独处境以及为了摆脱孤独而寻找的主题，但问题在于：当作家把两个孤独和寻找的主题并置在一起构成一个"二重奏"，她到底要告诉我们什么？

当我们开始阅读这两个有些怪诞的故事时，我们就渐渐地进入了作家的叙事圈套中，然而我们会发现，其实这两个故事在文本中的设置并不重要，或者它们只是作家赖以叙事的一种路径，叙事本身的丰富内涵远远超出了这两个世俗故事。在小说文本里，故事的结构似乎都没有完整地呈现出来，尤其是第二个故事，因为作家已经设定它只是"写给奥斯定·H的情书系列之一"，意味着还有系列之二、系列之三来逐步展开故事的全貌，但是作为一个独立的小说文本，作家既然把这两个主题有某种联系的作品并置在一个文本中，设定其为"二重奏"，那么我们从阅读的需要出发，有权视其为一个叙述整体。只有在这样一个整体型的阅读文本里，我们才能讨论其中的深刻含义。

首先应该看到，这两个"寻找"为主题的故事前提，都包含了一个更加意味深长的"逃亡"的故事。在前一个故事里，桂花与颜仲跛本来是一对恩爱夫妇，但颜仲跛茕茕独立的处世精神导致了妻子的极度不安全感，终于携子出逃；在后一个故事里，奥斯定·H与雅琴达·S原先也是一对典型的中国式夫妇，内敛而相爱，但是在命运中遭遇各种外来打击后就劳燕分飞了。因为叙事者只是寻找的一方而不是逃亡的一方，所以，我们仅仅从不明就里只顾寻找的叙事者的口中，隐隐约约地了解到人生的孤独无奈甚至绝望的呼喊，但终究还是不明就里的逃亡者，真正"逃亡"的原因是什么？

或者我们可能从这里窥探出人生的某种真相：我们在主宰我们命运的造物主面前都是迷途羔羊，我们不知道自己做了什么？也不知道未来的途中会发生什么？

颜仲跋去日本四国岛的一家造船厂当临时工，主要目的是企图寻找失踪的妻儿，但他根本想不到原来破产的船厂老板就是拐骗他妻子的日本人，如果仅仅从故事的设定来阅读这个文本，那么"寻妻"的故事未免也太巧合。如果我们把这样的结局看作是一种命运暗示，那么我们不由得也要想一想，这样的故事为什么会发生？难道不应该从台湾社会环境和颜仲跋的个性上来感悟某种因果？作家在这里呈现出一个很好的写作特点，就是视野开阔，具有深厚的历史感，她成功地把人物以及人物的命运都安置在宏大历史框架下加以表现，叙事大于故事是这个作品的主要叙事特点。当颜仲跋在失业、失妻，几近家破人亡的窘状下到达日本后，他眼中的日本全是恶魔镜像，家仇国恨让他的情绪高度紧张偏执，小说开始时颜仲跋所做的那个冰山融化的噩梦，正是他踏上日本国土后充满仇恨、恐怖的心境象征。但是在日本的日常工作中他慢慢接触到日本民族的复杂性，也结识了像寮长女儿悠子、营业部长夫妇这样充满纠结，也很可怜的普通人。小说结尾是，颜仲跋把桂花骨灰撒进了日本水军海峡的大海中，这里曾经是他的父亲做苦力的葬身之地，也是流亡到日本的中国青年矢野的投海之地，如果说，前人之死里充满着历史悲剧和冤屈，那么，桂花受骗横死的命运，确实蕴含了更为宽广的思路，如作家在书中写道：

"潮起潮落，宛如大亨与穷光蛋之间变幻无常，起伏不定的命运，永远在生生不息地运转着。对造物主而言，贫富又算什么？人呢？人要受多少苦才会有一样的平常心？才会慢慢懂得《圣经》的话：先求天主的国来临，其余的，天主会给。"

在第二个故事里，作家的宗教情怀就更加强烈，作家拟雅琴达·S的口吻用情书的形式写了一组血泪书信。写信对象是失踪的丈夫奥斯定·H，为什么失踪？被人绑架吗？尽管写信人做了大量的猜测，但终究不是逃亡者自己的声音，因此无法最终坐实逃亡者的真实原因。故事本身是无解的谜团，所以，写信人的倾诉，与其说是对着逃亡者，不如说是对着神，这是与神的精神对话，向着神的呼救。这个作品的题目为《长崎·山口的爱与死》，我起先也不理解，似乎这两个日本的地点与故事本身关系不大，没有必然的因果。但是读到最后我开始领悟，山口是日本鹿儿岛附近的一个地名，公元 1549 年 8 月 15 日，是耶稣会西班牙籍神父圣方济·沙勿略（St Francis Xavier）第一次登上日本领土，开辟了东亚传教的新大陆，从传教士的立场来看，也就是奉献离乡背井之苦、为把上帝的爱传播到了东亚地区；而长崎，谁都知道1945 年 8 月 15 日的前六天——8 月 9 日，继广岛投了原子弹以后的第二枚原子弹投向了长崎，——"飞行员本来的目标，并不是要炸'上浦天主堂'附近的，因为飞机燃料即将用罄、必须返航时，忽然在云雾间发现一个空隙，就赶紧把原子弹匆忙扔下——造成四万人死亡。"从而促使日本天皇下决心投降，结束了第二次世界大战。"爱与死"在这个意义上展开了宏大的话题：天主教传到日本领土，引发了日本幕府统治者对基督徒的大规模迫害，日本二十六位圣徒受迫害殉道就发生在这里；原子弹偏偏在意外中造就了长崎的灾难，在圣徒们曾经流血的地方，以四万无辜人的性命去赎罪，终止罪恶的战争。爱与死纠缠在一起难以分离，是以这样一个宏大的宗教喻象来解说一对夫妇的婚姻与感情，还是从一对看似愚夫愚妇的离别故事来见证上帝的旨意？

　　许台英是一个虔诚的宗教徒，她的小说作品里有着宗教的情怀和精神的独白，故事在她的小说里变得不再重要。在这曲"二重奏"里，作家叙事中涉及的历史是宏大的，在前一个故事里主人公（也可以理解为当前的中国人）的所有困境，与百年来中国动荡的社会，阶级斗争和民族战争，海峡两岸的对峙，越南战争等都息息相关；在后一个故事里，作家把无助绝望的呼救声传达到天人之际，从四百多年来的传教文化的大背景来解读人类的爱与死的大问题，让人读着产生惊心动魄之感。我希望这部小说在中国大陆出版，能够给读者带来与我同样的感动。特此推荐。

2016 年 5 月 2 日

陈思和教授：上海复旦大学中文系教授、图书馆馆长、博士生导师

水 军 海 峡

1

　　整天面壁思过，脸朝这扇巨型的峭壁，只为工作便是搭建鹰架的四方格子。颜仲跋熟练、勤奋地操作着钳子和扳手，累得他挥汗如雨。一开始，空空的船壳外缘，根本无处可以落脚。十层大厦的高度，从下往上，每一格鹰架都得在无依无靠的窘况下，一层一阶地赌着命去堆砌。动不动就得要点猴子的本领，像吊单杠那样，手先抓住头顶上较低处的铁管子，脚再提上去钩牢高点的地方。最后，让脑袋朝下，脸涨得通红，才能把身子翻上去操作工具。

　　每天就这样"无中生有"地替冷作、电焊、瓦斯和油漆等造船工人，在船壳边拆搭鹰架，跟命运挑战。

　　神不知鬼不觉地，全厂几百个伙伴，居然全挤到一座尖窄的冰山上。颤巍巍的双脚，触及一股刺心的冰凉，冻得人直打哆嗦。奇怪的是，怎么会无处可逃呢？从陡峭的冰山顶往下一看：妈呀，竟是黑漆漆的万丈深渊！

　　颜仲跋蓦然意识到，同伴脚底的冰块，已在迅速融化……每化掉一角，就有人凄厉地"啊……"一声尖叫，踩空了脚，转眼就跌落得无影无踪。同伴们接二连三地滑落了十个、二十个……眼看脚下的冰块越变越小，剩下的一小撮人更是人心惶惶地乱了阵脚。大家你推我挤地呼救道："不，不能该我呀！千万不要呵……拜托拜托，不……"

在颜仲跋搭架的船壁上方，有些工人手持"电焊手把"在焊接船壳的钢板。一粒粒红色透明炽热的火花，放烟火似的迸跳四溅，被风一吹就直往下滚。他仰起脖子大叫："上头的慢点焊哪，喂，下头有人啊——"怎奈灼热的火花既聋又瞎，反而飞快地掉下几粒，窜进他后面衣领，烧焦他背脊的皮肉，疼得他哎哎大叫："救命啊，烫死我啦……"

尽管再怎么拼命跳脚、冒汗，伸手却掏不出那几粒要命的火星渣子。忽然间，他警觉到自己脚上的冰块也在融化了，怎么办？紧接着，一阵急促揪心的空袭警报声"哇呜哇呜……哇呜哇呜……"地响遍整个山谷。正在进退维谷之际，他感到裤裆里泛滥出一片湿热。睁眼一瞧：哦，好好一场午觉，又被这要命的"上班警报"给闹醒啦！

日本四国岛靠濑户内海这一带，沿岸全是大大小小的造船厂。下午一点上班，工人吃完便当只好横七竖八地躺在工作岗位旁边，随便打个盹儿。从台湾来的颜仲跋，此刻正躺在原地没动，偷偷伸手往屁股底下一摸：还真他妈的尿湿了裤子？差劲，居然被一场噩梦给吓成这副德性？

他的日本话不太灵光，又不想去学，只能比手划脚跟现场领班打了声招呼，就往厂房边的宿舍跑。秋凉时节，湿裤子不换不行。他在台湾被光船缩紧编制裁掉之后，失业的滋味实在难熬。以前跑船认识的"大鹏航运"吴经理是他东北老乡，得知他另有苦衷非来一趟日本不可，便趁他们公司在这儿订造新船的机会，把他介绍给这家日本协力厂（台湾叫卫星工厂）当临时工——日本人民族性强，正规船厂绝不轻易雇用外国人。

"咭——咭咭——咭——"一个骑单车的日本小男孩，在这呈四十度倾斜的山坡路上，朝他迎面冲下。小男孩一路猛煞车，不断发出尖锐刺耳的咭咭声。颜仲跋皱紧眉头，看着男孩一阵风样地擦身而过……没看够，再扭回头目送他时，脑际油然闪现出家里那部生锈的玩具脚踏车。那是他买给儿子中中的玩具，日夜巴望儿子赶快会走、会跑、会骑单车……如今，儿子啊，你人在哪儿？

这幢船厂宿舍有六层楼高，日本人管它叫"寮"，听来有点自贬身价，以为是野蛮人蜗居的小草寮，其实是用钢筋水泥盖的现代化建筑。他一口气爬到四楼，喘吁吁的，差点跟寮长撞个满怀。

这位六十多岁的老头寮长，曾经在"满洲国"当过一年多的关东军。颜仲跋初来时，见了他就像被针挑开了刚结疤的伤口一样，有股渗血的、隐隐的刺痛——关东军残暴的马靴和军刀，把他生活在中国东北的童年，踩躏成阴暗恐怖的记忆。退隐的关东军，还有些剩余价值可供日本利用吧？寮长虽已鸡皮鹤发，却经常穿一身清洁雪白的衬衫、西裤，连皮鞋都是白亮亮的。很多衣服、袜子全绣了名贵的企鹅牌商标。颜仲跋有点纳闷：寮长的工作只是打扫倒垃圾、买菜煮三顿伙食，穿这么考究，不怕弄脏了吗？有时又想：衣服再白再干净，他那双杀过无数中国人的血腥的手，烧的饭可真令颜仲跋想起来就作呕。

也住四楼的十几个越南船员，常把垃圾乱丢在走廊或墙角。寮长边扫边以一种鄙视、嫌恶的表情在发牢骚，用日文骂道："可恶的脏鬼！早走早好！"这话，颜仲跋听得懂八九分，只应付性地干嘿两声，就躲鬼似的钻进自己房里去换裤子。跟他一道从台湾来的船东代表邱三元——这回算是日本商人的衣食父母——住三楼套房。四、五楼全是榻榻米通铺，设备简陋。虽然三楼空很多套房，而且寮里只有他跟小学同学邱三元两人语言相通、结伴从台湾而来，却硬要划分阶级，把他们拆散了住。这就是封建思想的荼毒在作祟吧？

日本全国有三千多个岛屿。颜仲跂这回来干活的这家"水军造船厂"就盖在濑户内海公园半山腰上，依山傍海，风景灵秀。寮里的隔间，用大饭店的方式，走廊左右两排房间，门对门，只有单边开窗——一面向海、一面对山。靠海那边的窗外，就是日本三大激流之一的"水军海峡"，湍急的水势暗潮汹涌。颜仲跂这间房的窗户，正对一座三百多公尺的山崖。隔着刚走来的那条山坡路，可以一清二楚地看见满山蓊蓊郁郁的绿树，才九月，都在逐渐转黄变红。他站在窗边，仰望辽阔的天空，正有十几只独来独往的大老鹰，黑压压地盘旋在山顶上打转。"呱——呱——"一阵阵凄恻嘶哑的呱叫，活像是弃婴在绝望地哭喊。他觉得，独处在空荡荡的大楼里，听来有点毛骨悚然，赶紧换好裤子就跑。临出门，发现昨晚写给母亲的信还搁在桌上，忘了拿去寄，便顺手塞进衣袋里。

在台湾K港，桂花恨透了他在船坞里搭鹰架。他没理她。这回到日本谋的差事，没有危险性，只在石棉瓦盖的厂房里，用瓦斯烤弯船用钢板。可惜她不知道，他为她学的乖。

日本工人做起事来闷不吭声，既不休息也不聊天不抽烟，像在地狱里罚苦役的哑巴。入境随俗，颜仲跂也不敢松懈，免得让日本人给看扁掉，丢自己国家的脸。他们正用近千度的高温瓦斯在烘烤"船头"用的钢板。船头要想抵抗海水的阻力去乘风破浪，还真得先吃不少苦头。为了要弯出那尖尖的弧度，他和日本工人一前一后，把硬邦邦的长方形扁平钢板，当夹心饼干夹在当中，一点一点慢慢地弯——他们边烧，他边泼冷水。有人在一旁用绳子拉紧钢板，也有人用大榔头配合着敲，硬是要它翘成所需弧度。

颜仲跛手握水管，不停地冲着热乎乎的火红钢板，直喷冷水，让它急速冷却。一下午，为能折腾出个船头的模样，就在如此残酷的"热胀冷缩"里，反反复复。

"哇呜哇呜……"下班警报又响了。满山满谷急促的呜呜声（好几家船厂一起响），真像台湾连续冲过红灯的救火车一样，叫人惊心丧胆。他脱下污黑的棉纱手套往裤袋一塞，再抽出极端厌恶的围在颈脖上的日式白毛巾擦擦汗。

协力厂工人休息室在寮的一楼，他懒得去。打完卡，就踱到船厂职员办公室，那儿有邱三元，可以跟他用"国语"闲嗑牙。办公室坐的站的全是日本人。他想起口袋那封信要寄，眼光四下搜寻了一圈，没看见总务科高谷先生。邮局在城里，路远，又不晓得信的重量该贴多少钱邮票。所以，信件都交给高谷先生去寄，等他回来再付邮资。既然找不到人，只好明天再寄吧！他低着头径往"监督室"走。

日本人称船东代表是监督，称验船师为检查官。两人都有单独隔开、装了冷暖气机的专用办公室。一探头，监督室没人。邱三元果然又泡在检查官室，跷个腿在喝咖啡。

"马验船师，您好！今天开始检验 Block（船壳）啦?"颜仲跛寒暄着。碍于自己的工人身份，不便立即入座，只恭恭敬敬地僵立在门边。

船只挂什么旗，就由那一国派验船师检验。马验船师是台湾驻日本神户办事处派来的。这艘台湾的货轮，虽然委托日本人建造，还是得由合规定的验船师来核发证书。他隔几天从神户来一趟，检查项目多的话，日本人为了巴结，总安排他住到城里的仓田大饭店——那是船厂老板儿子开的，从这儿叫计程车跳表要日币一千二，来回二千四，亏得日本人也舍得！有时候也由营业部长亲自接送。

没一起在宿舍住过，生疏是难免的。他不便像跟邱三元那样称兄道弟的放肆。不料，验船师人却很随和："坐啊！都是自己人，不要见外，叫我老马多顺口！"随即起身替他冲了一杯热咖啡，很亲切地递给他。

"这咖啡后劲很大喔！"邱三元开他玩笑，"当心晚上睡不着，想老婆想得慌，又该捧着妖精打架（黄色书刊）看到天亮！"颜仲跋笑脸回道："你才是呢！"老邱忽然歪鼻蹙眉地抱住上腹部，一脸痛苦的扭曲表情。颜仲跋告诉老马："他胃溃疡开过刀。胃一空就痛！"老邱连忙从裤袋里掏出一包自备的"杀窟窿"胃药，配着水仰头灌下。颜仲跋眼明手快，已经到隔壁监督室帮他把摆抽屉以备填胃的饼干拿了来，大家分着吃。老邱感激地狼吞虎咽着："盐巴，谢啦！"

"盐巴？"验船师一脸迷惑。

"颜仲跋，从小就有个盐巴的绰号，简单明了！"

"喔……"老马又想起来，"盐巴，谢谢你上回送我的诗集大作，我都仔细拜读过了，你还真有两把刷子啊！想不到你还是个骚人墨客的雅士，失敬失敬！"竖起了大拇指。

盐巴脸上飞过一阵红霞："乱涂鸦的，请多指教。我们船厂有好几位工人作家，写诗的都出过书。咱们 K 港还有一对大学美术系毕业的夫妻，白天卖自制馒头，晚上作画，活得挺自在!"老邱边咬饼干边说:"职业无贵贱嘛!盐巴不但会写诗,对中国传统书画也有研究,寮长女儿就缠着要他教画!"老马奇怪:"寮长的消息这么灵通啊?"

"事情是这样:为了做人情嘛,老邱一来就送了寮长一瓶洋酒;我没钱,只好送他一幅自己画的中国山水。没想到他女儿喜欢得不得了!"老马喝了一口咖啡问道:"听说寮长女儿是个三十多岁的漂亮小姐,到现在还没嫁人?"

"大概是吧!"盐巴垂首斜睨着自己的鞋尖,"所以她想学学画,找点精神寄托。寮长好像不大赞成!也许嫌我身份低吧!要是邱监督会画画,可能就另当别论啦!"

"唉!"老马感慨地叹了口气,故意把话题引到墙上挂的那张"造船进度表"上,"瞧这些日本人,把进度编得详详细细,他们真敢一动工就保证十二月三号绝对交船,真他妈的本事大!"盐巴问他:"你从台湾调来多久了?"

老马略一思索:"快两年啰!家小都住不习惯,吵着要我请调回台湾。唉……我老爸每次从台湾写信来,都一再提醒我:为了国家,务必要发点狠,好好管管那些鬼日本人。可是……这些东洋人对工作那么敬业,我顶多严格些,总不能蛮不讲理地处处刁难人家!最叫我难过的是,以前在台湾检查船,明明按照国际法规去要求,他们得过且过地敷衍惯了,动不动就由高官出面,一个电话打到台北,跟我们顶头上司讨价还价,要他们看在老交情上出面讲讲情,放他一马。你说,日积月累下来,咱们的造船技术和品质哪能进步?嗳……要忧国忧民的话,真会给气炸掉!"

邱三元也颇有同感:"日本人个个以厂为家,团结起来打外国人!以前的侵略战用枪用刀,现在是用商品在打经济战!

听说英国一个船坞里，可能同时有十七个不同的工会在活动，一下闹工潮，一下要涨工资，原料价钱又不稳定，所以造船价格和完工日期都定不下来。奇怪，这些困扰，在日本几乎都看不到！"

"嗨！多摸（日音：谢谢）！"一位年约五十的日本妇人，踏着小碎步、哈腰鞠躬地送来一份航空邮寄的联合报——老邱订的，每天从台湾寄来。顺便，她又"多摸，多摸"了几声，弯腰把垃圾桶的一袋垃圾拿走，再把一个干净的空塑胶袋，像百合花似的，固定在垃圾桶里。

"阿里轧多国灾妈死（日音：也是谢谢之意）！"老邱、老马也学她一样多礼地频频回谢。"嗨！多摸！阿里轧多国灾妈死！"她人往后退，脸却恭恭敬敬地朝向三个大男人，背对着门，一边行九十度大礼，一边碎步而退。

"唉，这么大个船厂，就她一个女人！"老邱伸出舌尖舔舔上唇的饼干屑，一脸的无奈，"可惜呀，又是个萝卜腿，一板一眼的奥巴桑。妈的，被公司放逐到这个鬼乡下，真乏味透了！"老马一旁怂恿他："那还不简单，等船造好，上东京看脱衣舞去！"老邱神经兮兮地："等船造好？吓，大老远跑东京，还不如马上飞回台湾，抱自己老婆实惠点！"这艘六千五百吨的木材船，在日本要造三四个月，老邱已经尝够了浪迹海外、悬念妻儿的孤单岁月。

"嗳，三元兄，你一年平均有多少时间不能在家？"

"少说也有大半年。你以为私人航运公司，钱那么好赚？我们老板在印尼有山有林有木板厂，几艘船在印尼各岛跑来跑去，修护保养都要人。哼，听说又在打我主意，想派我去他半年。呸！荒山野地，真不是人待的！火大辞职算了！问题目前经济不景气，到处都在裁员……"说着说着突然把话煞住，偷瞄盐巴一眼，怕他听了勾起伤心事。见盐巴在低头看报，不知是真是假。

老马拿起汤匙，轻轻搅动着咖啡："听说你们老板关系企业很多，在台湾 K 港还有一家渔业公司？"

"没错，"老邱满脸疑惑，"怎么啦？"

"我前天在巴岛一家船厂发现，很多日本淘汰的旧渔船，都在往台湾的前镇渔港廉价倾销。那种落伍渔船既消耗能源，成本又高又费人力，不晓得你们老板会不会也跟着上当？"

"这我就不大清楚。"

老马表情凝重地说："有消息传来，说台湾有人跟日本订购新型拖网渔船，被日本拒绝了。哼，这明摆着是要封锁台湾渔业的现代化，让我们永远落在日本人后面，别想跟它竞争！"

"可恶！真是岂有此理！"老邱愤愤不平地起身推门，几乎想冲出去找个日本人捆他一巴掌消消心中怨气。没想到，大办公室里正坐了一屋子日本人，在兢兢业业地开检讨会。他只好收回脚步，颓然倒进沙发里自叹弗如："你看看他们，连每天的会都利用上班之前、下班之后的时间，工作效率哪会不高？说是说五点下班，这些人不忙到七点不肯回家！你说，怎么比嘛？"

盐巴急切地把报纸伸到老马面前，指出一段新闻念道："你看你看，台湾的光船以不敷成本的低价承建十五艘外国船，造成巨额亏损。经过调查之后，董事长赵××等十名被告，移送司法机关侦查。"

"亏了多少？"老马赶紧从口袋抽出眼镜，想看个究竟。

盐巴寻索片刻后，指到了有关的数字："这些船一共亏损五十五亿以上。乖乖，改了隶属四年，光借款建厂的利息就支出五十多亿。"他沮丧地把报纸丢到一边，"公营船厂经营不善，亏了本要吃官司，没人敢再大幅杀价竞争，难怪造船订单要被日本、韩国民间船厂抢光掉！大爷'不接订单'总没错吧？苦的是咱们这些临时工，一裁就八百上千的，一声令下，统统滚蛋！几百户人家，马上三餐不继！"

"原来你也是被光船裁掉的？唉……"老马从茶几上拿起湿湿的香毛巾擦手，"不过，像现在这艘只有六千五百吨，光船设备又新又大，造起来未必划算。就像一间可以容纳五千人的大厅，要为你一个人去开冷气，不够本嘛！"

"缺少大船订单，也可以靠小船薄利多销呀！"盐巴义愤填膺也提高了嗓门，"日本能，我们为什么不能？跟我们这艘331号船同时被自己人把生意往外推的，少说也有二三十艘！这下可好，自己的大船厂冷冷清清，反正拿公家薪水，不做不错。船东把从自己同胞身上赚来的钱，双手奉送给日本、韩国，来养他们的工人，让自己工人失业没饭吃？这算什么嘛？就算光船不接订单，起码台湾还有几家小船厂，又不是不会造，为什么要出来？为什么？"

"你不要激动，日本人在外面开会，当心吵到人家。船东也有他不得已的苦衷……"老邱想替自己老板伸冤，一时又不知该从何说起。眼看火药味愈来愈重，老马冷静地冒出一句："生意人当然要比价。日本造得又快又便宜，也难怪……"老邱对老马帮的腔很觉欣慰，抢着发言："事实如此！这艘船，光船估的价，硬要五百六十万美金；日本只要三百八十万，还可以杀价。你是老板的话，你选哪一边？老兄，差的一两百万可是美金啊，又不是卫生纸！"

话不投机，憋得难过，盐巴闷闷不乐地站起来，发现日本人已经散会了，便意兴阑珊地说：

"我想到海边去溜达溜达！"

老马、老邱也跟着一起走出来。三个人还没走出大办公厅，就被一群越共船员比手划脚的怪模样给吸引住了。

这些衣衫褴褛的越南人，一个比一个瘦。不会讲日本话，只好把一些零碎的英文跟越南话结结巴巴地拼凑起来，请船厂的人教他们几句马上要用的日语，好去逛街。

有位皮包骨的越南人手里拿着几张钞票，指给日本人看。日本人带着三分嘲弄的表情教他："欧卡捏（日音：钱）。"另外一位越南人拼命摇头，生硬地吐出一句：

"How much？"

"哦，"日本人恍然大悟，"伊哭啦（日音：多少钱）？"

五六个越南人像小学生朗诵课文似的，马上一遍又一遍地重复练习着："伊哭啦？""伊哭啦？""伊哭啦？"

又有一位黑瘦干瘪的越南船员，左右手各推一辆单车进来，一新一旧。他先指着新车猛摇手，然后又指那辆旧的，用眼神里的问号问日本人。日本人会过意来，感到好笑地告诉他："夫露衣（日音：旧的）。"

盐巴听不懂干着急，偷偷拿手肘碰碰老邱："他说啥？"

"旧的。越共买不起新车，学着问'旧车要多少钱'？"

日本人继续教他们："夫露衣——鸡殿下（日音：单车）。"

老邱看热闹看得有感而发："这些越南人跟我们一样是黄皮肤、黑头发。祖先好像是广东一带居民迁过去的，你听口音都很像。可怜一个个面黄肌瘦，日子过得很苦。听说船员在船上，一天只能吃两顿白饭配酱菜——还是用手抓着吃。"

理个小平头的越南人坐下来拿笔在纸上写出："￥1000。"递给日本人。日本人捺住性子又示范读道：

"先愿（日音：一千元）。"

越南船员又连忙和尚念经似的，硬挤出浓浓的鼻音，再三复诵，逗得日本人都在暗地窃笑不已。

老邱听出了所以然来："日本旧单车的行情大概一部要日币一千块——合台币一百七十左右。"

"盐巴，你在这儿要住好几个月，日语得赶紧学呀！领班吩咐的事，你听不懂怎么成？"老马为他担心。

"做工还不就固定那几个动作，人跟机器没什么两样。刚开始有咱们邱监督帮我翻译，搞懂之后，每天照做，哪有什么变化？鬼日本话，不学也罢！"盐巴对日本人的心头疙瘩一日不消，他是说什么也提不起学日文的劲儿。小时候，关东军曾经强迫东北人学日文，那一点点基础，早被岁月给淹没了。

"你们聊，我城里还有个应酬。"验船师刚走出办公厅，船厂的营业部长（相当于台湾的经理级人物），马上就"跟屁虫"似的，追出来替他打开车门。这部擦得晶亮的银灰色轿车是公务车。六十多岁的营业部长，身高不到一米五五，被老马一米八〇的大块头一衬，看来已经够滑稽了，偏偏营业部长还波浪起伏般，猛行九十度的鞠躬礼。口中还频频招呼：

"多肉！多肉！（日音：请）。"

老马入了前座，部长恭敬地替他关上车门，自己再绕到右边的驾驶座，亲自开车送验船师回"今治市"的市区。

邱三元望着冒烟的车屁股说："日本司机坐右边，车子靠左开，跟台湾正好相反，真不习惯！我借他们车开过一次，一不小心就开到右边，差点跟对面的车撞上！"

盐巴听得哑然失笑。

"爬船爬得一身臭汗，我要先回寮里泡个澡，你呢?"老邱反扭手臂，把背后汗湿的工作服扯抖了几下，希望能驱散汗水的黏腻。怕夜里饿得失眠，他们不敢太早就去餐厅吃晚饭。办公厅隔着一条唯一的山坡路，就面对濑户内海的水军海峡。盐巴指指海边的小石椅:

"傍晚的海风挺凉快的，我在这儿坐一下。"

老邱关切地叮嘱他:"天涯何处无芳草——想开点!"

对老友的好意，盐巴虽然眼神里充满感激，嘴角却只能报以无奈的苦笑。

2

这一带山明水秀的风景，真不愧为日本的公园区。盐巴独自闲坐在马路边的海岸旁，正逢退潮时刻，他索性把两条腿优哉游哉地空悬在水位很低的海面上，摇摇晃晃。既然是内海，当然少有惊涛骇浪。他看过日本地图，三千多个岛屿，连成狭长而参差不齐的月牙形。他们现在住的四国岛，夹在本州和九州之间，被濑户内海环绕。

盐巴到日本所搭的日亚航空公司飞机上，发了一本导游手册。上面说，濑户内海这片广阔的水域，约有五百公里。星罗棋布的大小岛屿，不管有没有人住，几乎都长满青翠的草木。坐渡轮在内海绕一圈，才发现可怜的居民全都挤在山脚下的滨海区，难怪一有台风就首当其冲。

一阵咸腥的海风吹来，他眯着眼，低头俯视脚下距离约二公尺的岩岸：退潮的海水，把一些死鱼的尸体、绿茸茸的海菜、小贝壳、铁罐子……一一遗留在黑浊潮湿的岩岸上。十几条小鱼，虽然被偶尔冲来的海水打得东漂西荡，却依然挤在一团，拼命争食一条残缺而比它们大好几倍的死鱼。因腐败而遭瓜分的悲惨，使他不忍心再看下去。像在逃避某些噬心的联想，他摸摸上衣口袋，掏出要寄的信，看看还没封口，又打开来重读一遍：

母亲大人膝下：

　　妈，您的身体还好吧？家里人一下都走光了，您若感到不习惯，不妨早晚多出去散散步、找朋友聊天解闷，日子也许容易打发些。我在这里过得很好，请勿挂念。

　　孩儿不孝，您已年迈，却不能朝夕亲侍在旁，心中万分羞愧，尚祈母亲宽谅！我一面工作，一面利用假日或中午，四处打听桂花和中中的下落。那个拐走桂花的日本男人要被我逮到的话，我绝不饶他！妈，您放心，我一定尽快把您的孙子中中找回家，务请静候佳音，切勿悲恸伤身。

　　我们这家日本船厂原来的老板垮了，被另一家大船厂吞并。旧的船厂宿舍还在，却没有员工来住。两栋六层大楼空荡荡的，住起来很宁静，风景又美，简直像在别墅区里度假。这附近有几家造船厂，住户很少。每天下午六点工人走光了，唯一一家杂货店也关了门，我们如果想到市区的话，计程车来回要跳日币二千四（目前一百块日币合台币十七块多），路程约七公里。所以，我跑过几个乡镇的警察局找那男的，都只敢搭公共汽车。话不通，幸好懂日文的老邱没事儿也喜欢陪我到处跑。我正在加紧学日语，（写的时候心想：天晓得！）您不要替我担心，不会走丢的。

　　您要我到先父葬身之地去烧香祭拜，我已照办了。那是座荒凉的山岭，离我住处不算远。

这家厂给我的月薪是日币十二万，等于台币两万多。日本什么东西都贵，一碗肉丝面都要日币六七百。如果把这边赚的钱拿回台湾用的话，就很宽裕了。我在船厂宿舍连吃带住，一个月要付日币六万块钱。（老邱也一样，不过他的钱由船东出。他月薪有五十几万，真叫人羡慕。）

除了吃住，在这儿有钱也没地方花。但是又不方便寄回台湾。等吴经理从台北来，我再托他把钱带回去，请您收下，当生活费、付房子贷款。至于我出国跟人借的旅费，我再另外想办法，请您放心。

我在市区的药房看到一种盒装的"贴布用磁气治疗器"，可以治疗您的腰酸背痛和右肩的风湿，我也会托吴经理一起给您带去。里面那粒小小的黑药丸，贴在痛处，听说磁力能维持两三天。洗澡时，附着的胶布也不会脱落。

夜已深了。窗外就是山，整夜的虫鸣蝉叫，热闹得像在开音乐会，好听极了。很像我们上次一大家人住在四重溪的夜晚。（写时，忍不住掷笔轻叹：往事如烟，当时怎么也没想到，会有妻离子散的一天。唉，写不下去了，就此打住吧！）敬祝

安康。

儿 仲跋叩上

×年×月×日

把信折好放回口袋，他抬起头，仰天长啸，嘘出一大口怨气。怨谁呢？他在光船，只不过是个小临时工。那天，桂花咬

牙切齿地指着他鼻子吼：

"你疯啦？居然肯去当搭架工？船厂十层大厦那么高的鹰架，万一……万一……"她急得抽搐不已，"万一要摔下来，你一个临时工，既没有保险金，谁来赔偿我们？如果跌成个残废，你叫我上哪儿去弄医药费？仲跛，你不为我，也该为你儿子中中着想啊！"

"好了好了，你不要吵行不行？搭架工又不止我一个！咱们没做缺德事，哪会那么倒霉？谁要命里该绝，就算走在人行道上，都会让车给撞倒。我小心点就是了。你不要瞎操心，也别告诉妈，免得她跟着你穷紧张！"

她们婆媳俩处得还不错。母亲在东北二十来岁就守寡，一个人含辛茹苦把他养大，他一直拖到三十五岁才结婚，目的就是要挑个能孝顺老母的好媳妇。没想到……

那时候，白天，桂花跟他一起在光船的西餐厅当女服务生；儿子中中交给奶奶带，一家人皆大欢喜。问题是，天底下有几个女人能守口如瓶？过不了两天，母亲知道他在搭鹰架，气得差点心脏麻痹，住院躺了好几天。

出院之后，母亲三天两头就背着中中，上庙里烧香、求神保佑。婆媳俩对他软硬兼施、内外夹攻，一下劝他换公司，一下劝他投保人寿险，这样那样……一连串的疲劳轰炸，搞烦了他，干脆每天猛加夜班或者跟朋友出去喝酒穷盖，不混到十一二点不肯回家。进了门就蒙头大睡。

桂花本来就有点神经质，怕坏人怕恶鬼不说，连见到蟑螂、老鼠都会吓得魂不附体。这段捉迷藏的日子里，她的失眠与精神恍惚越来越严重。半夜经常尖叫着，从噩梦里吓出一身冷汗，坐起来拼命摇他：

"仲跛，你醒醒，我有话跟你讲！"

"唔？…………哦。"日以继夜地出劳力、灌黄汤，使他疲惫到能够酣睡得流口水，怎会舍得起来？他有意无意地翻个身，背朝她，昏昏沉沉地敷衍道，

"有……有话明天再说，困死啦！"

"明天！明天！你哪个明天不是早出晚归啊？仲跛，求求你，不要再搭鹰架了，好不好？"桂花伸出手臂，狠狠将他翻转过来，面对面地哭诉着，"仲跛，你知道吗？厂里一有救护车的铃响，我就吓得手脚发软，生怕是你摔下来。你这样玩命……"

他被吵醒后，一脸的嫌恶与不耐烦："你咒我死！你咒好了，我早点死你可以再嫁个如意郎君！再嫁记得找个正式工、领班、工程师！嫌我是临时工，丢你人，你可以走哇！"

"你……"怕把隔壁房里的婆婆吵醒，桂花不敢大吵大闹，只压抑着，一个劲儿抱紧枕头——用它来捂住伤心欲绝的号啕声。仲跛继续装睡不理她。为了维持起码的自尊，他当然"不肯"说出自己心底的恐惧：

"厂里每个单位都在裁员。朝不保夕的痛苦，你尝过没有？我怎么不知道搭架危险？我怎么不知道摔死了没有人赔？可是、可是……只有甘冒这个险，暂时才不会被裁掉。也许，拖拖又会景气了呢？……有风声传来，连你都快要被炒鱿鱼啦！到时候，双双失业，孩子要吃奶粉、房子要付贷款、老母年迈多病、外头又不景气……唉！"

沧海无垠，眼前的水面上，掠过一群银灰色的海鸥，把盐巴飞驰的思绪，拉回到日本的濑户内海。在绿波上低低翱翔的白鸥，姿态轻盈优雅、拍翅缓慢。大自然的恬静，常激起他画

画的冲动，心中却又像发了疟疾似地矛盾着：陌生的土地，赚点钱就拍拍屁股走了，画它干吗？水军海峡里充满了激流和旋涡，当然也有可怕的暗礁。喜欢沿港口出入飞行的海鸥，常在海上的岩礁附近，成群鸣噪。聪明点的航海人，可因此而避免触礁的危险。触礁？他俩以为要"同舟共济"一辈子的婚姻之船，是因此而触礁的吗？

　　盐巴又想起中午那场吓出尿来的噩梦：冰块越融越小、越融越小……怕被裁员的恐惧，老是阴魂不散地缠着他。在日本造的这艘331号船，十二月完工之后，他又成了无业游民——将何去何从呢？

　　桂花对他很不谅解，第二天干脆直接跑到搭鹰架的现场，叫人在下面用扩音器把他喊下来，满眼的忧伤：

　　"我有话跟你讲。"

　　盐巴又羞又气，恨不得当场掴她一记耳光："上班时间，你来谈家务事？那么多熟人在看笑话，你……"

　　船坞现场又热又吵，堆满了冷硬乏味的绳索、钢板、机器……见有女人走来，工人们不约而同都以她为焦点，让受罪的眼睛轻松一下，甚至于想入非非一番。两人都火冒三丈地拉扯了一会儿，盐巴受不了被她出洋相的尴尬，终于丢下她，扭头就爬回鹰架上去。一起卖命的工人们，哈哈地大声取笑他：

　　"喂，天气太热，你老婆看了心疼，叫你到她西餐厅去喝可乐，怎么不去呀？你拿饮料可以赖账，多偷几罐来请请客！去呀……"有人还拿扳手拱他、搔他的痒，他恨不能一脚把对方踢下鹰架，让他摔个粉身碎骨。不行，他不能因为跟同事起冲突而砸掉饭碗。他死命咬住下唇，忍耐着，不许自己迁怒反击。在那一瞬间，他才意识到，久未细看的桂花，居然瘦得那么厉害。他从马戏团小丑走钢索似的高空朝下俯瞰：桂花纤弱的身影，正朝西餐厅那儿愈变愈小愈模糊……"桂花，我正因为爱你、爱孩子、爱这个家，才不得不出此下策。你为什么总要杞人忧天？"多少次，盐巴在心底默默地呐喊着。他尝过太多次失业的苦闷，说什么也不愿再掉进那可怕的黑色深渊。搭鹰架虽然危险，但是一组人在传递工具材料和操作时，非合作不可。忙就一起忙，闲了一块儿休息。不像在其他单位，有些正式工光会喝茶、看报，老欺侮他们临时工，一有事就颐指气使地踢给盐巴他们去干。他讨厌那种被歧视的不公平——就像他被日本关东军蹂躏的黑色童年。呸！我颜仲跋哪点比你们正式工差？身高一米七九，体重六十七公斤，身强力壮、风度翩翩，能诗能画又肯吃苦耐劳。求学时虽然不肯用功，好歹却也混了个高中毕业。现在懊悔也迟了！跟他小学、初中都同班的邱三元，因为念完了大学，薪水高他好几倍——人比人气死人。他三十多岁以后，每天晚上还坐渡船到对岸的海专夜校念了两年。可惜被一场大病害得中途辍学，复原之后就娶了桂花。船厂正式工要"职训班"毕业的，等他有了家累再想去受训，年龄却已经超过了。

盐巴觉得屁股坐得有点发麻，站起身来抖抖腿，便顺着曲折优美的海岸线，踽踽独行。异国的黄昏，孑然一身目睹着日落西山的苍茫，情何以堪？一大群麻雀，吱吱喳喳从他头上掠过，往它们栖息的树林子飞回去。麻雀觅食累了一天，总还有个可归可聚的枝头歇歇——他呢？再累再寂寞，阖家团聚、共享天伦的奢望，真的遥遥无期吗？桂花，你要离家出走，是你的自由；你凭什么把我们颜家的命根子中中也一块儿带走？你舍不得孩子，难道孩子的爸爸和奶奶，就舍得吗？

中中这白白的胖小子，手上腿上的肉团挤成一节一节的，嫩得像要滴水。失踪之前，中中才八个多月，整天在地板上满屋子乱爬。一爬，那两片小屁股就忽左忽右地扭摆着，从客厅爬到卧室、卧室爬到厨房，连厕所都傻里吧叽往里头直爬。桂花坐没两下就得抓小鸡似的，把她儿子给拎回安全的地方，摆下来让他从头爬起。如今，午夜梦回，一想到儿子那可爱的、一扭一扭的小屁股，盐巴就会黯然落泪。尽想这些干吗呢？翘首问苍天，苍天无语……盐巴甩甩头，渴望能抖落些恼人的记忆——人如果有根魔杖，随时能把"想要遗忘"的人或事，驱逐得一干二净，该有多好？千里迢迢追到日本来找他们母子，简直就是大海捞针，谈何容易？他在寮里看过，日本有个电视节目，就专门替人找寻失散多年的亲友，当众相拥而泣。他能去找他们帮忙吗？说你们日本有个坏蛋男人拐走我太太？

日出日落，使他心底翻腾的哀痛，只徒然与日俱增而已。一轮橙红的夕阳，正从他们办公厅背后的山头，缓缓下沉。迤逦天边的云彩，被残照映现成一片朱红。燃烧的晚霞，倒映在油亮的水面，把海水染成绚烂的金黄色。水中的落日，被浮动的波纹分割成细碎的白玻璃珠，闪闪发光，极为耀眼。

距离海岸约五百公尺的地方，筑了一道长长的防波堤。堤防下面堆积的是有棱有角的黑色规则型岩石；上半部全是灰白色的水泥地，远看像卧了一条弯曲的白蛇。堤防上面钓鱼的大人小孩，人手一竿，其乐融融。这激流地带的鱼儿，因为要跟海水的冲击性不断搏斗，而练就一身极富弹性的、细腻肥美的鱼肉，远近驰名。

堤防外面，日夜航行着各式各样的大小船只。尤其"濑户内海夜航"的景致，更是日本的观光胜地。盐巴初来的那天夜晚，就被航程的凄迷、列岛的灯光、星月的皎洁，陶醉得诗兴大发。防波堤所呵护的臂湾里，停泊了几十艘马达小艇，覆以白色帆布当棚顶。这一带稀落落的住户，倒没什么专业的渔民。这些小艇几乎等于台湾人民家里的代步脚踏车一样便宜而又普遍，只供下班后的休闲之用。礼拜天或黄昏，与朋友、家人共乘一艘小艇，开到堤防外面的内海水域，边玩边钓，也能弄它个几十条鱼，回家当佐膳，既营养又省钱。

对面马路上，走来一队越南人。想必是刚才在办公厅学日本话的那些人和同伴们——看来都像是可怜兮兮的丧家之犬，有的抬电视，有的抬冰箱，有的一个人在双肩上扛两部脚踏车，全是破旧不堪的废弃品。盐巴心想：老天，到市区有七公里路，这些瘦巴巴的越共船员，居然来回徒步一两小时，只为抢购这些旧货？而且还能扛着走回来？也许是受到肤色、头发、血缘相近的影响，盐巴仁立路旁，眼眶已渐渐充满怜恤的泪水。

一小堆日本职员，站在办公厅门口，对着这群蚂蚁搬蛋糕似的越南人，指指点点。不知有个日本人说了句什么，大家突然爆出一阵轻蔑狂傲的大笑、拍掌，甚至前仰后合地捂住笑疼的肚子。有两个日本人又从里面拿出一台破收音机、两双旧工作鞋，一并塞进越南人怀里。有的日本人干脆以手掌拍打出"一、一、一二一……"的节奏，配合着越南人奴仆赶工似的脚步声，越拍越起劲。

盐巴满腔悲愤：贫穷也值得当笑话看吗？

这些日本人丑陋鄙劣的一面，在他眼前扩大、扩大……刺得他头晕目眩。不知道为什么，突然觉得眼前这些张嘴在笑的人，很像西周的褒姒在楼上凭栏俯望诸侯奔忙一场的情形。他念海专夜校时，读过"幽王烽火戏诸侯"的诗句，印象一直很深："良夜骊宫奏管簧，无端烽火烛穹苍；可怜列国奔驰苦，止博褒姒笑一场！"

同样是人，别人的奔驰之苦，居然被他们当作可笑的消遣？盐巴很想上前责问：民国三十四年，你们战败投降、最该被羞辱的时候，我们中国人有没有这样对待你们？小日本哪！不错，你今天是世界一等经济强国。但是谁又能保证，好运会历久不衰？他刚才还看见台湾寄来的报纸说，两伊战争又在扩大、恶化。你们日本的工业生产，大量倚赖波斯湾的石油输入。听说那一带通过"荷姆兹海峡"的石油，每天高达八百五十万桶。万一伊朗真的"封锁"这个海峡，造成严重的油荒或第三次世界大战，看看你们又将如何？

有两个越南人因为合抬的冰箱是特大号的，另外一只手又各持了一座电风扇，使冰箱看起来摇摇欲坠，十分惊险。盐巴连忙趋前微笑示意，加入他们劳苦的行列，帮他们把手上那两座电风扇，拿到船边去搁下。

盐巴再度折返岸边闲坐时，邱三元已经洗完澡，穿条轻便的运动短裤和一双拖鞋，走过来与他并肩而坐，享受着海滨的凉风习习。盐巴怕自己一谈就有气，索性闭着嘴没提刚才那一幕。两人正在天南地北地闲聊，营业部长釜原光次却不声不响地挨在邱监督身旁，默默坐下。盐巴斜视了部长一眼，看见他生满皱纹和老人斑的脸庞上，堆砌着谄媚的笑纹，小心地伺候着衣食父母——邱船东代表。造一条船，监督和验船师若百般挑剔，动不动就要求翻工重做的话，准会亏死他们！难怪他唯唯诺诺，像个随身副官似的，寸步不离地对他们两个察言观色，不把他小工颜仲跂看在眼里，也是人之常情吧！

部长跟老邱用日文交谈，盐巴似懂非懂，就当它耳边风，装没听见。部长已经把工作服换成家居和服，大概送完验船师已回家歇了一会儿，想出来散散步。看他们聊个没完，盐巴略显不悦："嗳，咱们聊得好好儿的，他什么意思嘛？"老邱笑嘻嘻地劝道："这就是日本式的礼貌。看样子我们不走他是不会离开的。他大概认为，'陪到底'是在尽地主之谊吧！盐巴，你日文不行，开开口，多学学嘛！"

盐巴苦笑摇头："没兴趣。他要陪的是你，你送来的钞票。不是我！"盐巴心生感慨：老邱还不到四十，被个六十多岁的日本老头巴结的局面，跟刚才日本人嘲笑越南人的情景，真有云泥之别。难道这就是"菊花与剑"的双重性格？

听说部长是从别的单位退休以后，才被船厂的新老板请来担任要职的。记得他跟老邱在大阪机场下飞机时，这位部长老先生就曾经不辞劳苦，来回花八个小时的路程，搭乘渡轮、公车，转新干线火车再换计程车（盐巴他们从机场到船厂就是这么走法，所以可以倒过来推算），亲自到大阪来接机。他们两个都是人高马大的体形，一胖一瘦，在机场转来转去，半天也没找到什么日本部长的鬼影子。等旅客快走光了，天，弯着腰低下头，才发现这位脸上堆满笑容的矮老头，双手把一块厚纸板举在胸前、上面写着：

"欢迎大鹏海运会社邱样（注：先生）——水军造船株式会社。"部长说他举牌子举了半个多小时。依照中国人"敬老"的传统观念而言，想想都觉得有点罪过。

冷不防地，背后"刷——"一声，驰过一部崭新的日本警车。就在距离他们二十公尺处，停车走下来好几位穿制服的日本警察。他们三个人都诧异地站起来，一头雾水，不晓得发生了什么事。部长上前去问了几句，警察便——穿过船坞旁边的小路，径往防波堤的方向走去。老邱从部长口里问明白后，才转告给盐巴：

"有船在海上排放污油，要被罚款啦！"

原来站在堤防上钓鱼的人，听到这个消息，交头接耳地抱怨了一阵，都纷纷收拾起钓具，把竹篓里的鱼倒回海里放掉，生怕鱼儿已经喝下这些污油。

老邱和盐巴很技巧地甩掉了部长，跑到防波堤上，却没看见附近海面哪儿有污油。日本警察搭上一艘小艇，笃笃笃地朝着陆地的反方向，逐渐开远了。

大鹏航运委造的这艘 331 号船用不着船坞（有坞门可将海水引进或放出），只需在船台上建造即可。水军造船厂唯一一个修船坞，也只能容纳现有的这艘要卖给越共的船。其他的，像另外一艘待修的越南船等等，就只能停泊在坞边内海码头，等候进坞或者派工人搭小艇上船去修护。

老邱垫起脚跟，拉长脖子，往被吊车挡住视线的码头那边望过去："看样子，八成是那两艘！一条印尼船，一条越南船，不晓得谁该倒霉？听说罚款贵得吓死人！"

盐巴从鼻子里冷哼一声："罚？吓！他们这些忘恩负义的家伙，在八年抗战期间，拿千千万万中国人的血，'染红'了长江、黄河、松花江……该不该罚？谁又给他们开过罚单？先'总统'对他们以德报怨，他们今天又怎么对待台湾？妈的，利字当头，就忍心跟我们断交、跟中共建交？呸！"盐巴朝海水中狠狠吐了一口唾沫，旋即被冲打堤防的浪花吞噬。

搔搔久未修剪的一头乱发，老邱把拖鞋脱掉摆下，光个脚丫子坐在堤防上晃荡："干吗那么激动啊？又不是上历史课。"

他平心静气地替自己点了根烟，又递给盐巴一根，帮他点着了火，"凭良心讲，求生是人的本能。日本的土地又小又贫瘠，还经常有地震、台风、火山爆发。没有天然资源，人家靠的就是贸易跟工业、科技产品的外销。国际道义能当饭吃吗？那边市场那么大，你想想看，日本制的电视、冰箱、耕耘机、收录音机、汽车……"

"够了！够了！总归一句话，见利忘义，就是时代的潮流？"盐巴脚底涌上来又滑下去的"潮水"，默然无语，却又像蕴藏了某些要启示给他的奥秘。两人都沉默下来，气氛有点僵硬的压迫感。老邱头一歪，看见自己屁股旁边爬满了大大小小的水蟑螂，在堤防上横冲直撞。他抓起拖鞋劈里啪啦猛敲地面，吓得它们一溜烟全跑光了。

斜晖脉脉水悠悠。暮色把一股慵懒疲软的愁绪，隐隐罩下。盐巴放眼四望：

滚滚的浪涛、鸣笛的船只、茂密的森林、盘旋的老鹰、陡立的峭壁……不禁喃喃自语：

"多像啊！"

"嗯？"老邱觉得莫名其妙，"像什么？"

"像我们老家东北。长白山的原始森林、鸭绿江险滩里的礁石急湍、秋天满山红红的枫叶，都有点像！"

"你在家乡待了多久？"

"六年。我的童年，都在松花江畔的渔村度过。你是在台湾生长的，可能不清楚，那边冬天的气候通常都在摄氏零下二三十度。江水被厚厚的冰雪封冻以后，渔民就在雪江上搭个临时的茅草房，房子中间先凿好一个冰孔。鱼不是喜欢朝亮的地方游吗？天一黑，渔民就在小屋里燃起灯来。原来在冰底下游水的傻鱼儿，纷纷朝亮灯的地方游，正好被渔民用网子或鱼叉给逮住！寒冬的夜晚，走在江边看那些茅屋、渔火，点缀在雪川之上，景色真美啊！"

盐巴的声音里，抑不住有点颤抖，眼神空茫："只可惜，那时候的东北已经被日本关东军占领，日子又苦又饱受欺凌，真叫作满目疮痍啊！"

"对了，"老邱猛一拍大腿，突然间想起来，"听说营业部长二十多岁的时候，跟寮长一样，也在你们东北当关东军。他的武术听说是一级棒咧！"

盐巴的表情，像是闻到了腐尸的臭味一般："哼，充分利用关东军的剩余价值，一个当伙夫，一个当司机——这种变相的低姿态，不也是一种可怕的攻势？"老邱点头接道："神父在给教友头上撒圣灰的时候，都会念一段福音——骄傲的人哪，你原来是土，犯罪更为卑贱，反愿在众人之上——这就是人性的弱点。人常在我们所瞧不起的人当中，迷失了自我。"

盐巴思索玩味着老邱的话："山中荣辱少，世外是非多。要不是你牵挂台北的家，我又心中有结、有痛的话，安心隐居在这座深山里，倒可以帮助我们修心养性、自我反省。"

"你们是个捕鱼世家？"老邱看见几艘钓鱼艇缓缓驶近，便顺口问道。盐巴摇摇头："捕鱼都是我妈带我去，当副业而已。春夏的农忙时期，我们要下田栽种大豆跟高粱。民国二十年'九一八'事变，关东军爆破柳条沟的南满铁路，攻打国军。我爷爷跟着马占山将军，在嫩江跟日寇血战一个月，最后弹尽粮绝，只有死路一条！"

"哦，"老邱的脸色掠过一阵冷悸，"那你父亲呢？"

"民国三十三年，我还在我妈肚子里，他就被日本人当作虐杀的'消耗品'，跟好几万名中国劳工，一起押运到四国岛附近的别子矿山，替日本人开矿，实行什么'大东亚共荣建设'。客死异乡，连尸骨都找不到……前阵子，我自己还摸索到那座坟山……"两行冰凉的泪水，顺着盐巴的双颊涔涔而下。他用两只大巴掌捂住了脸。

"对不起。"老邱为自己无意间勾起老友的伤心往事而自责。盐巴用手背揩掉咸湿的泪痕："我还记得，家乡有个日本宪兵队长喜欢中国书画，听说我奶奶是行家，经常派部下把她硬押到队里去教他……我略懂一点诗画的皮毛，完全是我奶奶教的。唉，扯这么远干吗？走吧，该吃晚饭啦！"

"笃笃笃……"日本警察所搭的小艇，在暮色苍茫中，缓缓回航了。警察身边多了一个黑皮肤的印尼人和黄皮肤的越南人。看来，污油到底是谁排的，一时大概还没扯清楚。

3

暮色一小口一小口在吞噬着霞光的灿烂。

"寮"的大门左右两边，各植了一株高大青翠的柏树。从船厂方向延伸过来的一道围墙，已有些残缺的破洞，从缝隙里杂生出各式的小野草。大门右侧的围墙上，横挂着一块昔日的招牌。在微弱的天光下，依稀可见：

"水军造船株式会社。"

据说旧老板当权时，"寮"的一、二楼全是办公室。上百名员工，每天车水马龙地忙进忙出。如今，树倒猢狲散，一楼只放了些破旧的办公桌和一个乒乓球台，二楼成了厨房。

"水军造船株式会社"这几个字是铜铸的。想当年，门庭若市的时候，一定每天都用油擦得光亮耀眼。没落之后，新老板也许为顾忌营业额与税金等问题，这儿一直还沿用着旧厂的名字在营业。新老板自己的大船厂叫"仓田造船株式会址"，厂址也在附近的海岸边。不过，走起路来却要翻山越岭跋涉一个多小时；所以"仓田"的原班人马，没人肯过来住宿——那边早有了合意的安顿。反正拨来接管的人数很少，上下班宁可开车来回跑还省事些。

这么一来，这两栋没落的寮，便处在近乎废弃的破败之

· 37 ·

中。盐巴经常伫足在铜质的招牌字前面，感慨地凝视着：铜字因风雨的侵蚀而显得斑驳不堪。雨水在铜面上画出绿锈的纹路，一条一条像是历尽沧桑的泪痕与长叹。

他们住的这栋还算有点"人"气。隔壁那栋空的寮，门前已长满及膝的荒草和绿茸茸的苔藓。窗子玻璃也破了，纱窗也歪歪倒倒，铁栏杆生满了锈。里面住的都是蜘蛛网、蟑螂、老鼠……黑影幢幢的衰颓与苍凉，令人不寒而栗。

"越南人也一块儿吃，八成又是便当！"老邱揉揉他胃溃疡开过刀的伤口，直皱眉头，"晚上又该饿得睡不着啦！"

"幸好这批被'礼遇'的越南船员只来接收买下的日本淘汰船，待不了几天就走。另外那艘越南船，听说要修一个月，船员也真可怜，船都靠了岸，吃住还关在那破船上。"

老邱说："我看'读卖新闻'的报道，说越南人民平均月入只有台币八百块钱。老百姓有辆单车已经算相当有'身份'的了！所以越南生意最兴隆的就是单车修理店。人比人，咱们也该知足啦！"老邱半自嘲半安抚着绞痛的胃囊。

爬上二楼楼梯向右转，便是一间约三十坪大的餐厅，以会议桌的ｎ形方式，排排坐摆了些吃饭的桌椅。餐厅与十坪大的厨房中间，只隔一条半个人高的小矮柜。吃完饭只要把脏碗或空便当盒往矮柜上一搁，等在厨房里的寮长女儿，就会收进去，马上戴起卫生的塑胶手套，扭开热水哗哗地冲洗。寮长是个鳏夫，女儿白天在市区一家大商社做事，下了班就乖乖回寮里来帮父亲洗刷厨房和餐具。

每天为了伺候邱监督和解决寮长父女自己的伙食，都由寮长负责下厨烧菜——不中不西也不算日本料理。多半是炸条鸡腿、清蒸一条小鱼、煎一小片冷冻猪肉、切几根细细的大白菜凉拌沙拉。如此周而复始，极少变什么新花样。

据说日本人的食量只有西方人的五分之一而已。盐巴他们两人，在台湾吃惯了一大盘一大盘的新鲜菜，胃口早就撑得又大又刁。现在月付六万元日币，面对每餐日本人看来"已经很丰盛"的"一"条小鱼、"一"片肉、"一"个小炸虾……唉，除了暗自叫苦之外，只好夜夜躲在房里偷塞半包饼干填饥度日。幻想着：回到台湾时，一定下了飞机就要痛痛快快吃它一顿、吃它十家大小餐厅。

没有越南人，不吃冷便当时，寮长也是下午三点就把饭菜弄成一盘一盘的，罩上塑胶袋。老邱每次一饿得胃痛就边灌"杀窟窿"边抱怨道："这种菜量，简直像小孩扮家家酒嘛！日本菜既不炒又没油水还爱吃冷的，唉！我量过体重，大概每十天要瘦半公斤……活受罪呀！附近连个打牙祭的地方都没有，赚的钱只能养家活口。唉……《圣经》上说，人的原祖犯了罪，所以男人要一生日日劳苦、汗流满面，才能糊口；女人要受怀孕生育的苦楚——大概就这么回事儿吧？"这些话，老邱在写给老婆的信里，全都只字不提。他一向节俭，生怕老婆一知道，会立刻从台湾寄各种罐头来（他初来日本时，老婆就寄过一次）。空运费十公斤就要台币一千多，那可比割他肉还叫他心疼。

寮长坐在餐厅椅子上，正在目不转睛地收看"相扑大赛"的电视现场转播。老邱站一旁跟寮长边看边聊日本话。盐巴讨厌"相扑"这种野蛮的猪八戒打架：选手又肥又蠢，光个上身只穿条丁字裤，扑没几秒钟就分出了胜负。他听说日本人拿这玩意儿当作是真正的武术，民众对选手都崇拜得五体投地。武术的精髓何在？搞不懂，也许，该虚心研究研究。看寮长瞪着电视，笑眯了眼、张个圆嘴巴差点要流口水的入迷模样——也许颇能"满足"寨长做关东军时，没杀够人的遗憾？"我真是个刻薄的小人啊！"盐巴暗骂自己。

盐巴故意避开相扑呼声的骚扰，走到窗边去浏览风景。餐厅靠海那一边，完全是大块大块的透明玻璃。居高临下，看见海峡上那座朱红色灯塔，正在闪亮着道引的灯光。来来往往的船只，总令他想起古代飞扬跋扈的海盗船；桅杆上高悬着恐怖的黑色骷髅旗，烧杀淫掠地抢遍四海。可不是吗？日本海盗就从这四国岛起家的。"水军海峡"这"水军"两个字，并非我们所说的正规海军，而是所谓的"倭寇"！水军的大本营就在对岸那个小岛，盐巴早跟老邱约好，改天要抽个空去瞧瞧。

一只全黑的老鹰从他眼前俯冲而下，巨型的翅膀边缘像个破伞的骨架。疾劲如矢的气势，害他霍然一震。窗外有个十分陡峭的大斜坡，山坡上立满了一丛丛森郁参天的老松树，被海风吹出呼啸的松涛。坡底有块凹陷的土地上，是家三层楼的日本饭店，紧盖在海岸的沙滩边上。听说里面全是榻榻米的包间，一顿饭少说要吃掉好几万日币，他跟老邱连想都不敢想。

陆陆续续进来了一些越共船员——人进人出的餐厅……盐巴忍不住又联想到桂花在光船西餐厅当小妹时，有人开他玩笑："西餐厅是个小联合国，进出都是达官显贵，你太太那娇模样，小心哪天被人给钓走啰！"妈的，近水楼台，还真叫他们给说中了！那卖船用机器的日本商人，他在西餐厅碰见过两次，长相记得很熟。有次好像是下午三点多，并不是吃饭时间，餐厅人很少，他在喝饮料，桂花坐他对面有说有笑。见盐巴来，她还大大方方替他们介绍过，一点也看不出……桂花失踪了半个多月，才从日本写信回她娘家，说那男的叫冈林幸保，她跟他一起住四国岛濑户内海泷山公园这一带，却不肯写出详细地址，要她母亲劝盐巴忘了她，可以另娶。桂花很清楚，因为孩子小，盐巴是那种说什么也不肯签字离婚的男人。

忘了她？儿子中中也那么好忘吗？

冈林幸保？害盐巴跑遍了附近的警察局，天晓得，这名字到底是真是假。既没他资料，又没他照片，看来只有听老邱的话，趁早在日本报纸刊登一则"警告逃妻"的启事，希望桂花见了报能够回心转意——至少，也该把儿子还给他。

"吃饭啦！"老邱把陷入沉思的盐巴喊到饭桌上并肩坐下。跟越南人的饭桌紧紧挨在一块儿，彼此一眼就能看出其中的差异来：越南人只有一盒又小、菜色又少的便宜便当（按照行规，买船人的吃住费，全由卖船的日本船厂支付）。外加一壶公用的白开水。为了表示对邱监督的"礼遇"，寮长特别在他便当旁边放了一盘水果，里面有一根菲律宾的小种香蕉、一枚硕大的日本苹果。明摆在桌上的"差别待遇"，使盐巴想起小时候，奶奶经常提起：东北的"满洲国"，实行食物配给制，关东军不把白米和砂糖配给给中国人。中日儿童一起在学校吃中饭，中国子弟一脸的屈辱……

寮长完全不懂中国人吃饭要"喝汤"的乐趣，从来没烧过。老邱这人又是个谦谦君子，一向不愿给人添麻烦，当然也不便开口要求。有一天两人实在太想喝碗鸡汤，大老远跑到市区百货公司的超级市场，怎么逛都只看见"分类处理"过的鸡翅膀、鸡腿而已，害老邱气得直跳脚："居然找不到一只全鸡？这些笨蛋，只留下食之无味的鸡肉，把炖汤的鸡骨头全丢啦？"

老邱从壶里倒出来的是泡了茶叶的热茶，不是越南人那种白开水。扯开便当盒盖，两人开始勉为其难地扒着饭吃。盐巴很没胃口地瞪着便当的菜色：白饭中间有一粒红色的梅子、一片炸藕、一片鱼、一片甜不辣。没有青菜，居然把一个绿色的塑胶纸片，剪成锯齿边的一座小山，冒充绿意。盐巴情不自禁地渴念起台湾菜市场那一把一把翠绿色的青菜、K港夜市的小吃、白白热热的大馒头和木屋危楼的港园牛肉面……想像、想家乡味儿想得眼泪差点掉进饭里。

吃不到三分之一，两人就难以下咽地放下筷子，拿橡皮筋把便当绑好，推到一旁。知道盐巴不吃日本苹果，老邱好意把自己盘里那根短短的香蕉递给盐巴吃。盐巴以一种如临大敌的戒惧眼光瞪着香蕉："他们都改吃菲律宾的了？哼，刚才我还看见报上说，中日蕉贸谈判，日商一再刁难、挑剔，我们只有摇尾乞怜的分儿。谈判一年比一年艰苦，这才真叫'人为刀俎、我为鱼肉'，怎么招架法？"

"吃吧！吃吧！想那么多干吗？"老邱"剥"一声，啃下一大口日本苹果。盐巴的表情里，混杂着七分羞愧三分气愤："咱们哪天才能有骨气做个'不食周粟'的伯夷叔齐？"

"哎呀，你们东北人的倔脾气，真是叫人受不了！"

"啪！"一声，寮长看完相扑大赛，把电视关了，踱步过来闲闲地冲着他们笑（他已经吃过了饭）。寮长用日文叽里咕噜问了两句，老邱笑呵呵地拍着盐巴的肩膀，回了几句。

"你又在乱讲我什么？"盐巴半懂半猜地，稍稍能感觉到自己变成了他们的话题。"寮长在问，听说我们是同学，年纪一样大，怎么我会胖出个大肚子，你的身材还这么标准？"

老邱拿根细细的日本雕花牙签在剔牙，讲话有点呜呜哝哝的："我说呀，我三个孩子都好大了；你还没结婚，怎么能比?"完全一副演技逼真的模样。

盐巴一转头，发现寮长满脸"信以为真"的表情，一拳就对着老邱厚实的胸脯捶过去："胡说八道你！"

越共船员已经走光了。剩他们三个人正在嘻嘻哈哈时，门外传来一阵娇滴滴的唤狗声。寮长女儿名叫悠子，一路跟着小狗追进餐厅来。盐巴从一来就觉得：这女人虽已三十出头，一颦一笑却像极了台湾的歌星邓丽君，温婉甜美、楚楚动人。见悠子对他嫣然一笑，盐巴红着耳根子，慌忙把吃剩的便当盒端到矮柜上。寮长已在厨房替他宝贝小狗调拌晚餐。

"你好，吃饱没有？"悠子礼貌地深深一鞠躬后，抬起的粉脸已是两颊绯红，衬得那双美丽的眼眸又黑又亮。

"哟！你学会了讲中国话啦？"老邱惊喜地赞叹着。

"只学到一点点。"她走起路来莲步款款，有股日本女人特有的娇羞与忸怩。遗憾的是，语尾那串嘿嘿的笑声，听来有几分做作的虚假。寮长用日文跟老邱解释说，悠子上班的商社最近经常把机器外销到中国大陆，她才有机会陆陆续续学了一点中文。日本电视台每天都有教中国话的节目，她也都按时收看。

盐巴被悠子眨眼静听、微笑颔首的俏模样，弄得全身蓦起痉挛、心房突突地撞着左胸。"欸，人家听得懂中文，不能再乱讲话啦！上去上去！"老邱拉着盐巴边走边跟寮长父女道谢，"阿里轧多国灾妈死！"

到了三楼，老邱自觉难以排遣漫漫长夜的孤寂，便问盐巴："要不要到我房里看电视？不要钱的。"

盐巴双手插进裤袋，想掏掏看，有没有零钱。他们楼上通铺的电视，看的时候每隔半小时要丢进一枚百元硬币。时间一到，没再接着丢钱的话，电源就自动切掉。刚来时，盐巴十分憎恶这种"上下有别"的势利眼作风，一连咒骂了好几天，才不了了之。他手在裤袋里摸索半天，最后干脆连裤袋兜兜的白布衬里一起扯出来看——仿佛忽然从臀部左右长出两只白耳朵来。耸耸肩，表示没有硬币可供使用，只好顺水推舟跟着老邱去看他"监督套房"的免费电视。

老邱住的套房铁门上，被寮长特意挂了一个"监督"的牌子，似乎在暗示着"闲杂人等请勿打扰"的意味。寮长父女住他隔壁。悠子不但自己每天擦得香香的，还把他们房间也喷上大量的香水。由于只有靠山那边开一扇窗，室内空气无法对流，寮长靠走廊的房门就经常敞开着，让它透气。反正他一进门摆了一扇古色古香的藤质屏风，不必担心被人一目了然地窥见隐私。苦的是盐巴他们这两个大男人，每次经过寮长门前，都被那刺鼻的、浓浓的香味给逼得非要"停止呼吸、快步通过"不可！

两人走到走廊尽头，老邱已经掏出钥匙，正准备打开自己最边间的房门时，盐巴却又提议：

"先到阳台乘乘凉，也好帮助帮助消化。"

"消化？晚饭一共才装那么一点东西，再一消化得快，我夜里找谁求救呀？有时候实在饿得慌，真想泡碗生力面解解馋；但是一想到医生吩咐过，我这个烂胃装不得那种东西，唉……又怕死，又怕生胃癌！只好灌开水止痛。"

叫归叫，两人依然走到与老邱房间只数步之隔的阳台上来。这约有五坪的长方形露天小阳台，宛如这栋大楼的瞭望塔，居高临下，可以把水军海峡的全景一览无遗：日出、日落、云彩、海鸥、船只、灯塔、山谷、炊烟、茅舍、老鹰、防波堤、厂房、饭店、松林、激流、月光、星辰和大小岛屿……交织成生命潮流骤聚骤散的无常之叹。

这小阳台上，另有露天的楼梯可攀登到盐巴住的四楼去。老邱体重有八十五公斤，一股饭后惯有的倦意袭来，就近便在阶梯上一屁股坐下，开始静静欣赏内海的迷人夜景。跟这阳台距离约一千多公尺的对面，有一座高约三百多公尺的悬崖峭壁。山巅上，屹然独立着一幢两层楼的小别墅，有股与世隔绝的神秘感。远看真像西方人所嘲谑的日本式建筑——"兔子屋"。

盐巴听人说，那里面住的就是"水军造船株式会社"垮台的旧老板。心想：商场失意，再日夜俯瞰着沦入他人之手的"大片江山"，心里不难过吗？怎不远避他乡呢？

像能洞悉他的心事似的，老邱竟然对着"月光下的别墅"冒出话来："旧老板还在当船厂的顾问呢！听说他都自己开车到新老板的总部办公厅，混个闲差事干干。能伸能缩，可惜没见过他长什么模样！"

盐巴只听，没往下接腔。接什么好呢？穷人富人，家家有本难念的经。在此月色凄迷、虫声唧唧的荒岛上，盐巴心情的黯淡苦涩，也只有古人一首诗句"雾湿楼台，月迷津渡"能够形容。他再三自问：我心中的北极星在哪儿？

几盏路灯的照耀下，他们看见一位越共船员骑辆白天买来的旧摩托车，被日本警察追上了。老邱从阶梯上站起来猜测着："大概是骑的旧车没有牌照，又要被罚款了！"

没一会儿工夫，见警察掏出一个东西"堵"在越南人嘴巴上，像在命令他哈口气。老邱这才一拍大腿，像发现了新大陆："那是测酒器！日本严禁酒后驾车，被逮到一定罚款、吊销执照。这些越共真是不知道死活！人家小日本虽然是个战败国，如今为了励精图治，早'知耻近乎勇'啦！"

"知耻近乎勇？"盐巴又跟他抬杠，"勇什么？勇于像你老邱代表船东，把在台湾赚饱的钱，送到这儿来双手进贡给打赢的经济一等强国？"

"你……"老邱涨红了脸，受不了他尖牙利嘴的直率，很想发火，却又同情他处境堪怜而极力压抑着，把指甲的关节弄得咯咯直响，"算了，算了，我懒得跟你抬杠。你呀，念子心切，再这样下去，迟早要送精神病院。劝你多少次，既然已经问遍了身边的日本人，都没人认识什么冈林幸保；要真没指望了呢，大不了再娶再生……"

"再生？"盐巴冷笑着，"我儿子血管里流的是中国人的血！只要我还有一口气在，我绝不让他流落在祖先死不瞑目的仇人土地上！我不能让我儿子变成个小东洋鬼子！"

两人正在斗嘴，下面那家日本饭店门前，隐隐传来一阵打架吵闹的冲突声。寮长不知何时也挤到这阳台上来。他俯看一眼，发现下面有热闹可瞧，转身便匆匆跑向楼下的出事现场。

老邱他们累了一天，没力气再为不相干的人跑上跑下，便逗留在原地，远远地隔岸观：一群穿制服的男男女女——大概是饭店的服务生吧，有的拿扫把赶，有的用脚踢，有的在吐口水大骂……

"你看，好像在撵一个日本小老头儿！"盐巴嚷嚷着。

"不止喔，跟老头儿一堆的四五个人，全被赶出来啦！日本人向来以温文多礼出了名，这可就奇怪了……你看，寮长也赶去凑热闹啦！"

盐巴有点近视眼，又是从上朝下看的角度，只模模糊糊看见：有人居中调节劝阻之后，老头的朋友把车开到他身边，众人便硬把他押进车里，呼啸而去……

闹事的附近，另外还停了好几辆私家车。有几位日本妇人本来靠在自己车身上，在看热闹；一见人散了，又各自钻回自己车里去。老邱看了长叹一声："这些可怜的日本太太，怕丈夫酒醉开车被罚，不但没机会一块儿进去应酬，还要负责开车接送她醉鬼丈夫！在她们的观念里，总把丈夫下了班应酬多、很晚才回家，当作一种可以跟邻居炫耀的光荣呢：唉，人的虚荣心实在可怕！"

"真不可思议！"盐巴迷惑地摇摇头。

两人回房看电视时，寮长回来兴致勃勃地播报了这一段马路新闻。等寮长幸灾乐祸地走了，老邱才转述给盐巴听："这饭店原来是水军船厂旧老板开的。他垮了以后就让给别人。今晚他带朋友去大吃大喝，临走要签账，柜台说他前账未清，已经积欠得太不像话，不肯让他再签。他在里面吵翻天，双方大打出手。最后啊，别墅里那位落魄的旧老板，硬是被人拿扫把赶出自己盖的饭店大门……乱没面子噢！这才真叫十年河东、十年河西啊！"

"……"盐巴呆坐着，想起寮门那斑驳生锈的铜字招牌，感慨得无言以对。

4

礼拜天，日本人叫"日曜日"，船厂休工。机器不再转动，打钢弯铁的噪音不再刺耳，使滩山公园完全恢复它静谧幽邃的古朴真面目。时序已近初秋，满山的枫叶红得叫人看了心酸。盐巴从窗口望出去，天色阴晴不定，给人一股难以捉摸的诡谲感。

原来跟盐巴同住四楼，每晚把收音机、电视机开得吵死人的越共，已经开船走了。四周安静得出奇。盐巴披了件咖啡色夹克，开门走到小阳台上，打算先活动一下筋骨。天空布满层层叠叠的大块乌云，翻滚着、蜕变着，遮蔽了"欲出不能"的太阳。对岸几座参差的小岛，轮廓有点模糊，呈现出水墨画那种浓淡有致的浅灰色，意境幽远。

看得出来，上升的旭日正在乌云背后奋力挣扎。像有天使要下凡似的，从云层的缝隙里，四射出几道金碧辉煌的光芒。日头正下方的海天交接处，竟有一横条璀璨的日光投影，仿佛是谁的一只金眼睛坠落在海面上，眨巴眨巴。游子满腔乡愁的悒郁，压得盐巴不敢再"困倚危楼，过尽飞鸿字字愁"——转身回房，盘算着该如何利用假期四处寻妻觅子。"警告逃妻"的小广告已经在日本报纸的小角落里刊登了好几天，一直也没有动静。

已经约好，老邱和老马为公，他盐巴为私——下午一起坐船到昔日的倭寇大本营"因岛"去。不知能否打听到桂花与中中的下落？

老邱和验船师除了要在造船的现场监督、检查之外，每隔两三天，还经常要搭车换船（相当于在台湾坐光华号当天台北、高雄来回跑的路程），赶到船用机器、吊杆、锅炉等的制造工厂，把船上要用的一切设备检查合格，再将钢印 Mark 交给制造者一件一件用榔头打在机器上，才能运过来、安装上船。日本造船效率高，原因就是三天的工，他一天赶完；上上下下的员工都是一个人当三个人用。老邱胖得大腹便便，船舱的"人孔洞"只有十八吋电视荧光幕那么一点大，经常钻得他浑身是伤，险些憋死在里头，爬不出来。情势所迫，把老邱、老马累得分身乏术不说，连许多"假日"都不得不排定了到各处去检查机器。如果 OK 的话，工厂明天马上就漂洋过海地运来安装了。

盐巴蹲下身子，从一口暗红色的皮箱底下，翻出几张照片仔细端详着。头一张是中中满月那天照的，小家伙还没长牙，笑得圆圆的嘴，像个小黑洞。稀稀疏疏几根头发，竖在他天庭饱满的小额头上。浓眉大眼，叫人看了就想逗他两下。软绵绵地缩在照相馆那张大藤椅里面，跷个猪蹄髈似的小肥腿，从开裆裤里露出他的宝贝蛋来。

藤椅的右上方，有一只白白嫩嫩的手，伸出来捏住中中的肩膀——那是桂花的，怕她儿子坐不稳会摔下来。

盐巴看得眼里浮出一层雾水。他先用手背揩掉眼里的潮湿，再心如刀割地抽离开视线。第二张是他搂着桂花的腰，两人在澄清湖九曲桥的合照。像在躲避聊斋女鬼的纠缠，只看一眼就慌忙抽掉，塞在中中那张的下面。最后一张照片，是他在光船搭鹰架的时候，同事拿相机从地面以"仰视"的角度帮他照的——一副雄赳赳气昂昂、"舍我其谁"的大丈夫气概。盐巴当然明白，那样颤巍巍的脚步，走在又高又陡的鹰架上"面壁思过"，根本就是在以躯体作赌注，把运气押给高空。当时，他拿着这张照片逗儿子：

"小乖，你瞧，你有个出人头地的爸爸，每天高高站在千万人的头上哪！"

"哼！"桂花却一旁冷嘲热讽道，"别笑掉人家大牙了！依我看，只像个马戏团走钢索的小丑！人家表演还有观众鼓掌，你呢？你只会提着脑袋充英雄！等你搭到人老眼花、手脚迟钝了，看你怎么办？"

盐巴心里有数，她母亲二十多岁就守寡一辈子的阴影，无时无刻不笼罩在桂花心头，使她极端恐惧悲剧会重演。

为了通风，门没关。寮长女儿悠子送来一台小型手提电视机。"不要……"她没有中文词汇可供表达，便从裤裙口袋里掏出一枚百元日币——对着硬币直摇手。

"哦，不要丢钱就能看的……给我？"悠子点点头，盐巴有点受宠若惊的诧异。见她单独闯进男人屋里来，他倒慌得手足无措，不知该如何应付了。心想：她擅作主张把楼下套房的电视拿来调包，寮长一定不知道吧？

悠子倒挺大方地在他椅子上自动坐下。盐巴将手上的照片很快塞进抽屉，然后似乎大梦初醒般，比较镇定地替她倒了一杯开水。她今天穿一件尖领黑色毛衣、一条灰色方格的裤裙。脸上略施脂粉，笑盈盈地开口问道："你……不教我画画？"

盐巴搪塞着："不是不肯，我没把画具带到日本来——你，听得懂吗？"

"那，我上班要用……你教我中国话……"她又嗲嗲地撒娇道。

"我教你？"盐巴惊讶得开始结结巴巴，"我……我日本话差劲得很……无从教起呀！"

悠子似懂非懂的："我有书，学中文的书。你念我听！"

"天哪！"盐巴像是祸从天降似的，瘫坐在床头，暗自忖度着：老邱日文行，她怎么不去找他呢？难道说……老邱那天对寮长开玩笑，说我是单身汉，她才……该不该把跟桂花合照的相片拿给她看，以表明已婚的身份？一转念又想：说不定这就叫报应！日本人拐走我太太，我又何尝不能玩玩他们日本女人？不！不！人家只不过请我教教中文，怎么就胡思乱想了呢？人在想堕落时，常会以别人的恶行来掩饰自己的龌龊吧！

悠子顺手拿起一张台湾寄来的中文报纸在看。盐巴没话找话讲："这报纸是……是邱先生订的。在台湾一个月只要一百五十的报费；空运来，一个月要六百六十。你，听得懂吗？"她眨眨长睫毛："一半一半。"沉吟半晌，她又略显羞涩地提议说，"你、我……下去打乒乓？"

女人主动开了口，盐巴怎好再端架子？他抓耳搔腮了一阵，便跟她一前一后锁了门下去。悠子有点又羞又喜，左顾右盼没有人，便把盐巴房里原来那台要丢钱的电视，偷天换日地放回三楼一间没人住的空套房里。这才放心地喘口大气。盐巴心想：幸亏她老爸只打扫公用地，从不进通铺房间来打扫——否则，被寮长瞧见，准要赖他是个三只手呢！

两人在一楼的桌球室，乒乒乓乓对打了几个回合之后，盐巴没想到，眼前这位看来温柔娴雅的女人，竟能打一手漂亮凶悍的好乒乓，害他险些难以招架。

发球、捡球、杀球、抢球……跑得她香汗淋漓而且笑得开怀、奔放，完全摆脱了盐巴所讨厌的矫揉造作。有几次，她弯下腰去捡球，距离很近，使盐巴隐约瞥见她胸前那一对白皙丰满的乳房，鼓在尖领口下，呼之欲出地颤动着。久久未行鱼水之欢的盐巴，顿时觉得心旌摇荡，被一股焦灼难忍的欲念驱迫，下体几乎要雄姿英发起来。

他连续猛咽了几下口水，好不容易才逼自己找个借口逃遁而去。

中午，为了赶时间，他们三个人搭的是高速汽船。日夜穿梭于濑户内海各岛之间的大小船只，班次又多速度又快。为了旅客及货运上下船的方便，从岸上到海中，都筑有一条巨型的栈桥，漆成鲜艳的朱红色。盐巴一进船舱就赞叹不已："乖乖，这么新颖豪华的设备，跟咱们台湾的自强号火车差不多嘛！怪的是，咱们的旅客多半都在车上睡觉或者发呆，他们怎么人手一本书？活像马上要进考场，生怕少 K 了两页似的！"

"所以呀，"老邱选了个靠窗的位子坐下，"台湾的物质文明一点都不输人，精神文明实在有待检讨——包括我们自己在内。"马验船师彬彬有礼地跟盐巴谦让了一阵，拗不过盐巴的坚持，验船师便坐进老邱身旁的空位。约两小时的航程，一路也好互相聊天解闷，谈点船厂的公事。

老邱他们位子的前后排都坐了人。盐巴只好在离他们三四排的地方，找了个窗边的座位。巨型的透明玻璃，擦得雪白晶亮。像个水上飞机似的，一路乘风破浪而去。白云暧暧，绿波万顷，窗外亮丽刺眼的阳光，把浩瀚的海面照得像是披上一层绿色的光滑绸缎。船底激起的雪白浪花，溅洒在窗玻璃上，像烟像碎银又像是蒙蒙的干冰。仿佛有无数的白色小精灵，在他眼前一路欢呼——如果儿子中中也在的话，一定会高兴到蹦蹦跳跳地拍手大叫吧？

离他们航道较远的海面上，波动着凹凸不平的水纹。盐巴凝视良久，觉得那里面所蕴藏的，正是一些熟透的、饱满凸鼓的果实，想找个有"出口"的地方去突破苦闷。可是，再怎么费劲儿地推过来、挤过去，依旧是一汪密密严严，没有出口的绿色巨网——他生命的出路又在哪儿呢？暂时离开 K 港那块妻离子散的伤心地，坦白讲，是受不了邻居亲友的闲言闲语吧？

来日本之前，他就跟吴经理拜托过，如果找不到妻儿的下落，他宁愿直接就跟这艘新造的船，浪迹天涯地漂泊一阵子再说。幸好他以前就跑过船，再办手续还不至于太麻烦。唉，怎么想想就泄气了呢？今天跑因岛，不就指望能有桂花和中中的消息吗？

波光粼粼处，三五只洁白的海鸥，缓慢地拍着翅膀，从他眼前轻盈有序地掠过……许多无人的小荒岛，兀自独立在汪洋大海中，宛如摆在茶几供人观赏的山石盆景，点缀在辽阔的海面。几座大岛的山麓下，挤满了日式平房。屋顶的各色琉璃瓦：朱红、宝蓝、银灰、墨绿、浅紫、深咖啡……小积木似的嵌在古木苍松之间。

附近几乎每个小岛都有造船厂。大小吨位不同的吊车，参差地林立在海滨的船厂。汽船沿途靠过好几个码头，让到站的旅客下船后，他们再继续航行。船舱的客人越下越少，盐巴猛一转头，蓦然发现同一排最那头的位子上，坐的女人不正是桂花吗？他像触电般地揉揉眼睛，故意站起来往前多走了两步，再定睛一看——却是个陌生的日本妇人。侧面真像啊！

"怎么？坐烦啦？别急，马上就到。"老邱看他高高站在船舱走道上颠簸，好心劝慰他。

满心的失望、沮丧和彷徨，使盐巴勉强报以苦笑后，索性踩着东倒西歪的脚步，慢慢往上爬："有点晕船，我上去透透气！"甲板上，强劲的海风夹杂着咸湿的浪花，迎面打来。他只站了一盏茶工夫，眼前突然出现一条约二百公尺长的防波堤。因为是筑在海中间，堤防上没有一个人影。妙的是，上下两排，居然像"双十节"阅兵典礼似的，很壮观地站满了几百只栖息的白色海鸥。那幅像列队接受点阅的动人画面，令他不禁莞尔。只可惜随身携带的旧相机，没有望远镜头，他依稀记起小时候在家乡念私塾时所背的诗句："秋江水冷无人渡，群鸥忍饥愁日暮。……江鱼食尽身不肥，平生求饱苦多饥。……"

海鸥啊，海鸥，你们不都是集体营巢在岛屿的岩礁上吗？难道也像我们一样，放着东北老家的"窝巢"——有家归不得？或者只是飞累了，停在这家儿当一名过客？

异乡凭栏远眺，无端勾起怆然泪下之感，使他分不清脸上的水珠，到底是泪或只是激起的浪花？不久，船已缓缓靠岸了。

三个人摇摇摆摆地陆续下船，老邱对着下船出口所贴的指示牌，扑哧一笑："脱出经路。念起来真别扭！日本人的老祖宗学了半天汉文，连文法都没搞通。邮局送包裹叫'宅急便'——多不文雅！保险公司满街挂着大招牌，什么'兴亚火灾''日产火灾''朝日生命'……看了都叫人怕怕！好像天天在祷告人家赶快失火似的！"

走在色彩鲜艳夺目的浮动栈桥上，老马也笑指着身旁一位日本售货员所推的一大车纸箱子："里面大概是电气用品。你看，盒子上贴的字条：证书在中。不大通噢！昨天我还在报上看到一个日本人，名叫'毒腹太三郎'，绝不绝？烤鸡他们叫烧鸟，生鱼片叫刺身……真是糟蹋咱们优美的汉字。"

他们今天要到一家名叫"高谷"的大型工厂去检查船用锅炉和内燃机。老邱转头对盐巴说："高谷工厂的联络员在电话里说，今天看完机器要招待我们游览全岛，提醒我们把时间空出来。盐巴，你也一块儿去吧！就跟日本人说，你也是监督。一条船派好几个监督，是常有的事。"

盐巴心里有数，隐瞒身份、伪装监督，都只为换取日本势利鬼的一视同仁而已。他很识相地低头踢着地面：

"你们去吧，我要跑警察局找那日本混蛋！"

"你话又不通，路也不熟，怎么个找法？"老马连忙替他出点子，"你先假装随便检查一下，就叫个业务课的日本人陪你去找——他们生怕没有巴结的机会。等我们仔细检查完，你也差不多回来了。一块儿去环岛观光，海盗的老家，不看看可惜啦！"

老邱也挤挤眼调侃道："你不便开口，我们先帮你跟领路的用日文讲好，就说要找你的日本'恩人'冈林幸保。报恩嘛，冠冕堂皇的，好听点！"

盐巴默许地露出一个比哭还难看的笑容。

岸边有块岩礁上，栖坐着一尾鸬鹚鸟——嘴巴正衔着刚从海里捞获的一条鱼。没想到，倏地飞来一只稳若泰山的大老鹰，睁着双滚圆深邃的大眼睛，迅速从鸬鹚口中把鱼儿"抢劫"掉，旋即舞动锐利如匕首的钩爪，神气十足地腾空而上。

"唉，老鹰也饿，也有求生的本能……"盐巴有点愤慨，"连他们的禽中之王都有海盗血统的遗传。……不不不，偏见！偏见！"码头上，有位矮小拘谨的日本课员，朝他们三个彪形大汉一路打拱作揖而来：

"嗨，哭恩溺已哇（日音：你好）！"

上了日本课员所开的丰田轿车，盐巴坐在后座，一眼就看见驾车的日本人只穿件短袖白衬衫的制服，被冷气冻得汗毛直竖、手臂上起满了鸡皮疙瘩。盐巴于心不忍，开口说："都已经秋天了，他车上还开这么大的冷气！"

穿了外套的老马从前座回过头来："这是在对我们表示尊敬与厚待。日本工厂人接见访客最有礼貌，很重视要以最好的宣传使他们'职业上的美好印象'——传遍全世界。"

穿长袖夹克的盐巴，几乎在替那可怜的日本人哀求道："叫他把冷气关了吧！瞧他冻得……"有验船师一声吩咐，日本课员才敢如获大赦地关掉冷气、摇开窗户。盐巴注意到，他手臂的鸡皮疙瘩立刻就消失了。

"人都有惰性，"老邱接腔道，"日本人做生意对主顾投其所好，处处不忘略施小惠——药房附送化妆纸啦、银行送两条毛巾啦……这些水能穿石的手腕，有很可怕的影响力！"

盐巴不屑地撇着嘴："虚情假意。招待费还不是羊毛出在羊身上？别忘了，我们不是在赚日本外汇，赚的是中国船东自己人的钱！"

"欸，人家就有本事低价承揽到生意，还花大笔的交际费——谁叫咱们自己的船厂不争气呢？"老邱反驳道。

进了工厂装有冷气、地毯的豪华接待室，女职员双手奉上干净硬挺的工作服、安全帽、白毛巾、棉布手套，一人一组，让他们到洗手间换上。每人喝了一杯女职员现冲的咖啡，寒暄一阵后，便开始检查机器。

果然不出所料，听说监督之一的盐巴要在附近寻访恩人，马上就有课员唯唯诺诺地开了一部专车奉陪前往。

老马和老邱在厂房检查时，机器转动的噪音单调乏味而又扰人。他们忙累了，厂房又禁烟，便偷个空站到厂房外的草坪上喘口气儿歇歇。老邱皱着眉，把随侍在侧的日本课员给支开，并跟老马说：

"看了讨厌！一口一声嗨呀嗨的，鞠躬鞠个没完，回也不好，不回也不好！"

两人点着了香烟，吞云吐雾地聊起来。老邱把汗湿的安全帽拿下来："日本工商业以贱价倾销的方式，联手打击台湾市场，手段真狠哪！我刚才路过，看见一批油压帮浦，以前每个要卖七千，他们说台湾货上市以后，价钱马上降到四千。可是对未开发的国家，照样维持原价，阴险透了！"

抽下围脖子的毛巾擦擦脸，老马也感叹道："上个月我在高知那一带也发现，日本制的滚珠导螺杆，以往售价一支五万块，台湾产品一上市，他们就跌到一支一万二。台湾刚起步的厂商赔不起，只有挨打的分儿！还有一种数值控制车床，以前一台卖二百万，等台湾一宣布研制成功，妈的，日本又跌到一百二十万一台。用户们谁不喜欢价廉物美的东西？老挨打，台湾的工业当然比日本落后……"他舔舔干涩的嘴唇，接下去，"今天的日本，完全在用它的工业先进产品，代替了军阀时代的武士刀，横扫全世界的经济战场！杀人不见血的侵略政策，高明得很。他们用整体经济战的方式，把我们各个击破！"

"怎么说？"老邱将烟蒂捺熄在不远处一个垃圾箱里。

"日本的产品都交给商社收购代销。大商社资金雄厚又能全权指挥调度，可以在不同的市场自由运用。譬如在台湾市场削价'无利润竞争'，没关系！它只要'拿下江山'就行。反正印尼等市场价格高，就能互相抵消。有时候产品前期市场赚饱了，后期市场他照样有能力削价竞销。"

老邱突然提高嗓门："对对对！我有个亲戚在台湾开工厂就是——被日货打垮之后，关门大吉。谁知道日本人一看对手垮了，又把售价升高啦！说穿了，他能贱价倾销，当然也能高价垄断市场！可怜咱们还停留在单打独斗的状态，厂商没办法团结一致。"

"必要的时候，只好由官方出面采取进口关税保护。"

"这话要扯就没个完了。听说经济学家都反对对产业过分保护、溺爱。企业体质要强壮，只有透过自由贸易竞争的历练，才能提高品质和效率。"

看看表，闲聊的时间稍纵即逝，两人赶紧打起精神继续未完的任务。这家厂不但规模大、技术新，甚至设立了"品质保证部品质保证课"——主事系长下薮井始，紧迫盯人地陪着他们说明、检查，可真是鸡蛋里挑不出骨头，拿他们没脾气。害老马看日本人用榔头把合格钢印 Mark 敲定时，直恨得他牙痒痒的。

看完机器换下工作服没多久，盐巴也徒劳往返地回到工厂来，垮下脸，抿着嘴一句话也不吭。临走之前，业务课长还双手奉送他们每人一盒礼物，亲自恭送到大门口，一而再、再而三地鞠躬抱歉，说只能派手下课员陪他们环岛一游，请多包涵。上车后，老邱说："礼多人不怪——这是他们对上。换个立场，日本人当主顾的话——就像台湾卖香蕉给他们吧，又是另外一张完全相反的嘴脸，苛刻刁难、傲慢透顶！"

盐巴和老邱两人坐在车后座，闲得没事儿，悄悄打开附送的馈赠品，一看竟是两个小巧玲珑的瓷杯子，上面的花纹精致典雅。听老马说价钱十分昂贵，他们连忙小心翼翼地包回盒子里去。

"攻心为上！"老邱自嘲道，"明知道我们几个人眼前已经变成日本经济上的心战俘虏——还是要竖白旗投降、跟他到处玩！他们目的也无非是希望：包君满意、下回再来！听说台湾好几家航运公司老板，又接二连三跟日本签了几十条船，都要到这附近来造！"

被台湾业务日渐萎缩的造船工业"裁"掉的盐巴，听来格外刺耳："反正是他们主动要招待的，不玩白不玩！船的造价早就签订了。不来亲眼见识一番，哪知道日本攻势有多厉害？"

由名片得知，陪他们观光的日本课员名叫"村上博之"。因岛是"村上水军"的天下，这儿就是他土生土长的老家。

"找个海盗的后代当导游，可真找对人啦！"

"岂止是后代而已？"盐巴的眉尾巴提得老高，"他现在不也是个名副其实的海盗？掠夺台湾市场、搜刮我们荷包，还不够狠哪？"刚才问明过这位开车的"村上博之"完全不懂中文，他们才拿他当聋子似的损着。

"说句公道话，人家也付出了大量的心血、劳力、资本跟智慧。光骂没有用，咱们要急起直追呀！不是只有日本，中国历史上也多的是海贼！史书上最早出现的是后汉的张伯路。那是永初三年秋七月，海贼张伯路率领三千多人，对沿海九郡进行洗劫，杀害了许多地方官！唉，也好不到哪儿去呀！"老马叹道。

　　盐巴对日语一知半解，老邱、老马很自然地轮流着替他当翻译。日本课员还自掏腰包替他们买了一本"因岛观光指南"的小册子，配合着册子里的照片、说明，"发扬"他们倭寇的光荣史迹。翻翻导游册子就发现，日本人丝毫不以这些海盗祖先为耻。相反的，真是"引以为荣"到极点："这个绝美的海上公园，素有濑户内海的西西里岛之称。堡垒、祠堂、墓碑，都能使人回忆起威武雄壮的村上水军的风采。从室町时代到战国时代，他们的声势威震八方，控制了来往此地的船只，征收通行税。"

　　在松林翠竹密布的土坡上，竖立了一块大石碑，上面写着："想当年，村上水军高扬八幡大菩萨的旗帜，以无比英勇的冒险精神，远至朝鲜、中国和东南亚各地，使水军之名扬威海外……"老邱边念边点头："没错，明朝嘉靖年间，倭患大作，烧杀淫掠无恶不作。大陆沿海各省百姓，对倭寇都恨之入骨。戚继光就是个对付倭寇的名将。"

　　日本课员说，岛上有座海拔约三百多公尺的"天狗山"，视野最广。他们一边爬山，一边沿路诧异着巨大的、有图有文的"倭寇船"石碑——是在"表扬"他们伟大的古圣先贤？拓展疆土？难道这就是日本军国主义思想的源头？歌颂武士和暴力的词碑、纪念物，触目皆是。盐巴暗自好笑：这与大陆的批孔扬秦，好像颇有异曲同工之妙呢！

　　陡峭的坡道石阶旁，结满累累的小柑橘。苍冷的松杉，簇拥着古老的神社。盐巴的双脚践踏在落满一地的松针上，心情也同样的纷乱刺人。"因岛"风光，表面看来像幅遍布名山古刹、木鱼清磬的水墨画；骨子里却充满了剑拔弩张的杀气与血腥。"因岛市史料馆"里，挤满了一大群身穿制服的日本高中男生，在专注地瞻仰着，听人介绍水军（倭寇）的历史——抢劫杀人所用的战鼓、水军兵粮、海贼饼、八朔馒头、八幡船、短刀、军旗……全都标明了是属于"县重要文化财"的日本国宝。老邱他们三个人，看完出来面面相觑，神情都浮现出一份哭笑不得的迷惑。

"我是真搞不懂。日本人不但由衷崇拜这些倭寇，而且到现在还有四季不断的祭典，热闹得很——你看这些祭典的照片，"老邱又翻到手册的封底念道，"这本小书是因岛观光协会和因岛市经济建设部商工观光课印的。你瞧，一年有十三个祭典：神明祭、押船、法乐踊、奉纳相扑、水军太鼓……"

老马梦魇似的喃喃道："各民族文化差异所造成的观念隔阂，外人真是很难理解！"

日本课员咕噜了几句，老邱翻译给盐巴听："他说他们的海盗祖宗就有很好的造船技术。传下来之后，'造船'已经变成因岛的代表性产业——是世界一流的。水军除了因岛之外，在附近的能岛、大三岛上，也都有纪念他们的宝物馆！"老马远远看见那条彩虹似的巨无霸型"因岛大吊桥"，立即想起："日本已经造了九千多公尺的濑户内海大桥，分成十段，把从四国到本州的小岛完全连接起来，人车都能畅行无阻，最近就要完工啦！唉……"一声叹为观止的无奈。

喘着气、流着汗，总算爬完了"天狗山"——山顶上又立了一块大石碑，画条倭寇船，写明了小说家火野苇平曾经以此地为背景，写过一本《水军船出》的书，歌颂海盗的英勇。

盐巴站在高耸的电视转播塔前，俯瞰濑户内海全景：岛屿罗列、山峦起伏、波涛滚滚、蓝天碧海、白鸥点点……景色之美，令他怆然泣下。原来，上苍公平降雨给义人，也给不义的人。日本对中国纵有再多的罪孽，老天依旧仁慈地光照他们的山川国土。也许是高处眼界的空旷能使"人心"豁然开朗吧！"其情可悯、其行可诛"。盐巴突然能稍稍了解到小日本的侵略动机：脚下一小块一小块零零散散的贫瘠土地，就是最令东洋人心感"自卑"的原因吧？火山、地震、台风、海啸，随时在威胁着挤在山麓海滨的火柴盒房子。就是这种近乎绝望的自卑，在"激发"他们狂妄的野心和凶悍的野蛮性？

远眺八阵图似的零星岛屿，盐巴不禁悲从中来：桂花啊，四国列岛人海茫茫，你究竟藏身在哪儿？往日的海誓山盟，就这样轻易地付诸流水了吗？

下山后，走马看花地经过鲭大师石佛、五百罗汉、鼻子地藏、八幡神社、千人冢和大崎灯塔，都无法引起三个中国人与当地景物合照的兴趣。盐巴所背的相机，始终不甘心为"海盗的家"浪费一张底片。

走到一棵直径六公尺的大树跟前，老马将日本课员的介绍词重复了一遍："这棵大树已经活了七百多年。村上水军都用它来磨制竹箭去出阵打仗！"

"可恶，"盐巴原已沉淀到心底的厌烦，只须臾工夫，又翻涌而上，"连无辜的大树都要带点好勇斗狠的杀气，这种地方真是不游也罢！"日本课员下的结论却是，水军祖先为生活所迫去当海贼，子孙们都很能体谅他们的苦衷。要不是水军四处去闯荡和抢劫的话，也不会把中国文化带回来开发了这个荒僻的小岛。

为了表示对水军祖先的尊敬和感激，日本课员特别请他们赏光到"临海大饭店"去吃"水军锅""八幡烧"和"海贼饼"，以示炫耀昔日的光荣历史。

餐厅靠海那一面全是整扇的透明玻璃。人坐在餐桌旁边，可以一边反感、恶心地吃，一边看看风景：岩礁、山峦、翠竹、小舟、苍松、老鹰、冲浪板……

仿佛置身水上餐厅的浪漫情调，使盐巴紧绷的心弦稍稍放松了些。海水紧贴着玻璃，近得像从脚下潺潺而过……。

餐厅的客人忽然起了一阵小小的骚动，纷纷离座挤到玻璃窗前。盐巴他们也跟着去凑热闹：窗外，有艘"幽浮"外形的钓鱼船，正在缓缓驶过蔚蓝的海面。大型的蓝色圆顶之下，挖了许多新奇的小圆洞——有人伸出钓竿在悠闲地垂钓。"幽浮"外壳下方，写了一行小字"临海大饭店"——原来是餐厅老板招揽生意的噱头。

另外，还有两个可爱的机器人，在餐厅里晃来晃去当服务生，给儿童客人奉送餐饮冰淇淋。机器人走到小客人面前，它肚子就打开来，呈现出各式餐点，乐得小孩又笑又跳，开心得合不拢嘴。老邱边吃"水军兵粮"，边咕哝道："机器人、电脑这些尖端科技已经代替了水军的刀箭，成为日本人征服世界的新武器！"

盐巴看着听着，又陷入一种沉甸甸的憾恨里：送饭的机器人这么好玩，要是儿子中中也在的话，该有多好！

5

矢野已经连续一星期,每天中午都跑到盐巴的工地来,找他聊中国话。第一天是老邱在船舱的电焊工人里面,发现矢野是去年才从中国大陆出来的。细问之下,才知道他母亲是日本人、父亲是东北人。他是独子,离了婚,现在与父母一起迁居到日本的四国岛定居。

老邱身份不同,中午有时间可以回寮里上床睡午觉,矢野不便去打扰他。很自然的,矢野跟盐巴认识之后,两人很快便像手足般一见如故。"好极了!咱们还是东北老乡哪!"盐巴兴奋地拍拍矢野的肩膀——他约莫三十多岁,个子比盐巴矮些。脸上的表情喜怒不形于色,给人一分高不可攀的冷漠感。鼻梁上戴的一副深色墨镜,始终没拿下来过。盐巴猜得八九不离十:"这么说来,你外公一定是日本关东军,你母亲才会在东北嫁给中国人!对不对?"

矢野点点头:"嗯,我母亲结婚很多年以后才生了我。"他笑起来有一口雪白的好牙齿,"刚到这厂里真不习惯,工作又忙又没有人可以聊天。"

"你日本话讲得怎么样?"

"不灵光。我母亲在东北老家也都讲普通话,就是标准

'国语'啦！那边生活太苦，我们住吉林市郊龙潭山附近，帮人家养梅花鹿，收入很低。但是……到了日本又很想念东北高粱米粥的香味儿！你还记得松花江结冰的时候，坐雪橇、玩溜冰的情形吧？"盐巴眼眶里漾起了乡愁的泪水："记得，当然记得！我从东北逃到台湾那年，已经六岁啦！我最记得开江（冰雪解冻）的鱼，滋味真鲜真美啊！尤其我们嫩江的鳜鱼……还有红烧春雁、清炖野鸭，想了都要流口水！"

　　躺在钢板边呼呼大睡的日本工人，翻了个身，背对着他们，继续享受这宝贵的午睡时间。两个东北人虽然立即压低了嗓音，却依然聊得口沫横飞、毫无困意。盐巴略显迟疑地问："听说你……离过婚？"矢野挪挪眼镜："我爱人（太太）被一个高干看上了，没办法……"

　　他神情黯然地沉默着，显然不愿多谈这段伤心往事。

　　盐巴又好奇地问："看你这年纪，当年恐怕正赶上红卫兵的风潮吧？"矢野羞愧地垂下头来："是啊！'四人帮'搞'文化大革命'，把知识分子全都打为'牛鬼蛇神'——抄家、剪发、挨打、罚跪、坐牢……我们红卫兵跟着胡整乱搞，把学业都荒废了……所以才沦为小工，在日本我一人赚钱三人花，物质上也十分艰苦哇！当然精神上比那边自由……当红卫兵的时候不懂事，很伤了父母的心——现在正在努力赎罪哪！"他自嘲地笑笑。也许是感触太深，显得有些语无伦次，"在日本又有种说不出的空虚和苦闷……从小一块儿长大的熟朋友，都还留在大陆。没办法，我母亲想她老家，吵着要回日本。我对这儿却没啥好感！有时候想想，干脆到台湾算了。可是……既没有门路，我父母也绝不会答应！"

　　这问题太复杂，盐巴避重就轻地问："听说你们今年减过薪？"矢野猛点头："去年减一次，今年又减一次。不景气嘛！我原来一个月可以拿日币二十多万，现在减到只有十二万。东西样样都贵，还得付房租、奉养年迈的双亲……"外表看来稍嫌冷酷的矢野，对盐巴倒是很热情地推心置腹——仿佛日日劳苦，只有中午这短短几十分钟"语言相通"的心灵交流，才能重拾他生活的情趣。

今天是中国人阖家团圆的中秋节。老邱又到别的岛上去看吊杆，说是晚上一定会赶回来陪盐巴过节。难兄难弟，相濡以沫嘛！下午下了班，盐巴打定主意，趁老邱还没回来，先走它一两个小时，翻山越岭到山那头的"今井超级市场"去碰碰运气，看能不能找到桂花——人到佳节倍思亲。要不然，能买盒月饼回来应应景也好！"今井超级市场"跟到今治市区的路正好是反方向。山中小径绕着峻拔的峰峦，蜿蜒千里。路的左边是嶙峋的怪石、陡直的峭壁；右边靠海的危崖上，古木苍松矗立于荒烟蔓草之上，格外显出一股蓊郁葱茏之气。六角形的红色枫叶，在秋风里摇曳——像一团火，燃遍山野。

山脚下，稀稀落落的滨海小屋，炊烟袅袅。原本湛蓝的海水，已被落日余晖罩上一层迷蒙的淡紫色。各船厂大小吊车的轮廓，被渐暗的天色衬得像玩具的黑色剪影。盐巴踽踽独行在千山万水之间，听着海涛的澎湃，沐浴着萧瑟的寒意，仿佛置身于张大千的山水画里。峰回路转，几乎每弯到一个新的角度，极目远眺，就是另外一幅截然不同的崭新画面。唯一不协调的，就是沿路摆了几个冷饮的自动贩卖机。这条山路，他跟老邱曾经利用假日走过一趟。出发约五十分钟后，到了一条岔路上，右转可到"观潮庄"，今天不打算去；左转走没多远，就开始出现各式各样风格迥异的日本旧式民宅。两层楼独门独院的古屋、矮墙、飞檐、庭园、松竹、山石……完全是唐宋建筑的翻版。家家颜色都不同的琉璃瓦上，有些已经装了很现代化的太阳能热水器。盐巴猝然止步，被路旁的拙朴之美给吸引住了：一幢正在兴建中的房子，居然还用"令人发思古之幽情"的传统方法，搭完支架就在墙上糊着泥巴和稻秆混成的灰泥——不盖突兀的高楼大厦，使新建筑物的古典格局，与四周的古屋共同维持了珍贵的和谐美。

盐巴独行在陌生的异国小径上，恍若重返古人白居易对庄园的设计："乔松十数株，修竹千余竿，青萝为墙垣，白石为桥道，流水周于舍下，飞泉落于檐前，红榴白莲，罗生池砌。"——不正是此地的写照吗？令他又爱又恨的是，这儿并非自己的家园啊！

路过一家打 Pachnko 的商店，出来几个日本工人，眉开眼笑地捧着一大把糖果、小伞之类的小玩具，朝隔壁的杂货店跑。这种类似"吃角子老虎"的商店，盐巴也来打过。运气好的话，可以赢回一大叠硬币，到柜台换成各种小玩具的代替品——这是店里为逃避警察抓赌的障眼法——再把小玩具捧到隔壁特约的杂货店去换现金。好虚好假的另一面！上回一下子输掉三千块日币，吓得盐巴再也不敢来了。

小小的今井超级市场，有书店、冷饮店、五金行等等。盐巴出发前没胃口吃寮长烧的老粗饭，如今活该肚子早走饿了。看餐厅门外展示橱窗里的标价：肉丝面日币六百、牛排二千、八宝饭九百元……实在舍不得离开，只好瞪着橱窗里那一碗碗色泽诱人的塑胶样品，多看两眼、多吞些口水。不争气的肚皮偏又火上加油地咕咕叫，逼得他只敢买块小蛋糕、一罐可乐，先垫垫饥再说。转来转去都没找到卖中秋月饼的。日本没这个习俗，此地又没有中国商店，他早该料到的。探头探脑地，以视线搜索着进出各商店的妇人小孩的脸庞，希望有奇迹出现，能撞见朝思暮想的妻儿。

这一带的住户很少，桂花总不至于足不出户吧？难道，她已经从地球上消失了？一家卖小孩玩具的玻璃柜上，摆了五六个手掌心儿那么大的男娃娃。盐巴趋前细看：黄色的塑胶男娃娃，光着上身，只穿条小内裤。把发条上紧，它就开始在地上爬，小屁股一扭一扭的，像极了儿子中的顽皮模样。尤其几个娃娃一起排着队扭屁股爬，样子真绝！盐巴犹豫了一会儿，终于狠下心掏钱买下了这几个男娃娃。

回程，天已全黑。阴森恐怖的山路上，没有路灯，月虽圆，却又被乌云遮挡着。独行在荒山夜路上，仿佛有个鬼影跟在背后，令他忐忑不安，走走就想跑。乱石草丛缝里的纺织娘发出忽高忽低的"叽咯、叽咯"声。蟋蟀也"叽——叽、叽、叽——"，有的宏亮，有的沙哑，这边唱，那边和——是雄蟋蟀在求偶吗？还是在恐吓它的情敌，不准侵入自己的地盘？盐巴突然手心冒汗地联想到：拐走桂花的冈林幸保如果发现他在日本（看了报？）会不会"跟踪"到这荒山野地来暗杀他，让他变成倒霉的武大郎？栖栖不安地左看看、右看看，不禁暗笑自己的胆小。

海涛拍岸的水声哗哗，仿佛亡父的幽灵在他耳畔频频喊冤："儿啊——儿啊——国仇家恨啊——儿啊——"盐巴一面加紧赶路，一面又无法约束满脑子的翻腾思绪。从 K 港离家临上飞机，老母亲还硬把一捆冥纸、香烛塞进他行李包里："仲跛，你父亲被关东军押去做苦役，客死异乡。你到了日本，无论如何要找到那座矿山，替我上香烧纸求求他——保佑咱们颜家的孙子早点平安回来。"母亲老泪纵横地唏嘘着，"该死的东洋鬼子，我们颜家到底哪一辈子欠了他们的……真是冤家路窄，造孽啊……"

盐巴摸索到父亲埋尸的矿山那天，凄风苦雨，溪壑无人。他走遍山前山后，怎么也没找到中国人的坟墓。母亲听胜利后"生还"东北的老乡说，当时的华工又苦又缺粮食，有人饿得半夜跑出去偷挖野草吃，不幸被毒死；也有人饿昏了头，索性就在乱葬岗里啃食尸体。谁还有余力替谁去掩尸埋骨呢？他最后终于找到一个石碑，刻着中国字：

"呜呼痛哉，时值青年，夙矣殒命……生在中华，亡于海外，可悲可愤，父母别而妻子散……尔等遗骨，因路途遥远……留葬外藩作为纪念……华人全体留念。"

"儿啊！……儿啊！……"海浪声伴随着冷冽的夜风，阴魂不散地直往他脆弱的耳膜里冲打、灌输、伸冤不止。盐巴顺着又窄又陡的山坡路往下走，刚一转弯，眼前忽地飞过一团黑影。他本能地往后一闪，被一块石头绊倒，跌了个四脚朝天。定睛一看：原来是一只可恶的猫头鹰，无声无息地拍翅而飞。等盐巴拍拍屁股，拾起娃娃爬起来走没两步，又见这矮胖的猫头鹰，居然口衔着猎获的小老鼠，睁双锐利滚圆的大眼睛，高高站在一株老松树的枝丫间，索命似的瞪着他。

冷不防，从他身后急速驶过一辆公共汽车。沿站，车当然不停。望着车尾那两盏温暖的黄灯，盐巴像追手电筒似的，拔脚就跑。追着追着，车子就冷酷无情地开远了……留下他，走在黑鸦鸦的森林荒径上，孤单地摸索着。

当第一眼瞧见寮里的灯光时，他放松得几乎要笑出声音来。老邱从市区买了切片的牛肉、猪肉、洋葱、青椒、蒜头，正在屋里弄"铁板烧"等着他："妈的，我还以为你掉到海里去了呢！你看，跟部长借了个插电的平锅，今晚开它一瓶黑牌'Johnny Walker'，痛痛快快吃喝一顿，过节嘛！我刚才拨了个越洋电话打回台湾，我老婆在电话里哭得我心烦意乱……女人家……唉！"老邱的眼眶也湿了。

偷偷把那包男娃娃搁在墙角，盐巴边洗手边苦笑："我刚才翻山越岭的，不但没买到月饼，还差点吓出心脏病来！"老邱看看他："你摸黑翻过山那头去啦？活该，谁叫你！嗳，你信不信？这么一点菜，居然要日币八千多块！日本的肉简直快跟黄金一样贵啦！难怪他们只吃那么一丁点。"

盐巴故意亏他："嗳，我看你在《圣经》上猛抄笔记：'人不只靠饼生活'……"

"笃笃笃！"有人敲门。盐巴打开一看，是悠子捧了一盒中秋月饼，含情脉脉地望着他："我到神户买的——谢谢你教我中文，请收下。"两个大男人惊喜得手足无措，等她放下月饼，笑吟吟地关门走了，老邱才大梦初醒般想起来：

"请她一块儿吃呀！"

"算了，走远啦！"盐巴有点心虚地端起月饼盒来，"喔，是一家香港饮茶在神户开的分店。过节，我只稍微提了一句，没想到她这么细心……"盐巴径自掰开一个油汪汪的豆沙蛋黄月饼，迫不及待就先塞了一口，然后再送一小块放进老邱嘴里。"嗯？……好！"两人面对面像饿了十天的囚犯似的，嚼得津津有味。老邱连声称赞着："欧衣洗！欧衣洗（日音：很好吃）。"开了酒，两人对坐浅酌，拿筷子当锅铲，把下酒的肉片和青椒等，烧一口吃一口，天南地北地吹牛瞎盖起来。等菜盘见了底儿，老邱酒酣耳热地打着饱嗝儿："时间还早，咱们到阳台赏月去吧？"

露天阳台上，一阵冷冽的海风袭来，把他们微醺的酒意驱散不少。"约翰走路"还剩半瓶，酒逢知己千杯少——老邱端了个小茶几、两把椅子，将买来的花生米倒在盘子里，连月饼和洋酒一并摆上桌子。"秋"摆在异乡人"心"上，便成了恼人的"愁"字。酒入愁肠总成泪的郁闷……别是一般滋味在心头。

"月圆人未圆"，老邱大概也在想家想太太，枯坐在秋凉时节的高台上，抽着烟，木然无语。一片黑魅魅黄腾腾的空虚，弥漫在四周的空气里。魅影重重的田边水涯，传出"ㄐ一——ㄐ一——ㄍㄨㄛ——ㄍㄨㄛ——"的蛙鸣声。各种凄凉的虫叫，在深山里嘶鸣不已。一盏荧然的路灯，亮在无人的岸边。激越的涛声拍打着礁岩，发出一阵阵轰然的鸣咽。群聚的萤火虫，在他们阳台下方的空地上，来回逡巡，狂跳着求偶的舞步。夜航于水军海峡的渡轮，不时发出"噗噗噗噗"的引擎声。这一切，都像要表达某些宇宙天体运行的讯息。

江枫渔火对愁眠，老邱眺望着海峡许多岛上的灯塔，感触万端："听说又有六七个监工代表，从台湾被派到附近各造船厂来受苦受难。一待少说都要半年以上！这些人有执照不去跑船，图的就是陆地上的生活安定。这下可好，船东造船，纷纷把钱往日本送，害我们这些经济战的俘虏，一个个像苏武牧羊似的——被放逐到各个小岛上——前仆后继，没完没了。"

"台湾自己就有好多家造船厂，生意冷清，"盐巴将酒一饮而尽，"为什么日本能造？我们不能？为什么？"

没有人回答。一份出奇的静默，锁上了两颗为家乡"恨铁不成钢"而充满忧患意识的心。想要力挽狂澜，不是几个人发发牢骚就能起得了作用的。老邱借着酒意疯疯癫癫地哼唱起："苏武牧羊北海边，雪地又冰天……"盐巴也跟着引吭高歌："群雁都南飞，家书欲寄谁？白发娘，倚柴扉，红妆守空闺……"看老邱一杯杯猛灌急酒，盐巴连忙劝阻道，"少喝点，好哥哥！待会儿胃又痛，可是呼天不应、呼地不灵啊！"老邱眼里泛起了血丝："小老弟，你也别太烦恼！男子汉大丈夫何患无妻呀？……对啦！有一回，我进了日本的天主堂，气氛不错，讨厌的就是进出还要换拖鞋。你心里真不能平静的话，下次跟我一块去念念经。嗯？"

"笑话，"盐巴轻蔑地嗤之以鼻，"我不信教，胃倒好好的；你既然信祂，祂怎么不能免掉你的胃痛啊？"

"这你就错啦！教外人凭良知、尽本分、行善避恶，老天一样宠爱他。并不是信了教，天主教就接受这个贿赂而免掉教友命中注定的灾病。道行高的信徒，还能把'病苦'结合到耶稣没受完的苦难，这小十字架还能帮助别人的救赎呢！祂对全世界都一视同仁。神学，也是一门需要承先启后的学术吧？信教只能帮我们多反省、多求神力去'忍耐'生老病死的痛苦，有时候冤枉承受的痛苦，天若垂怜，是会带来智慧和清醒的！万一因为信了教又明知故犯——人性都是同样的软弱、易受诱惑——而罚得更重！"

"我问你，中国遭到那么多内忧外患，老天公平吗？"

"历朝某些盛世的嚣张、满清的腐败，中国人仗着地大物博，吃喝嫖赌抽鸦片烟……造过多少孽，你算过没有？好，是不是在受罚，暂且不谈。许多劳其筋骨、苦其心志的磨难，其实正是被爱的证据。像我吧，跟所有凡人一样——肉身向下、灵魂向上，自我交战不停——一软弱了就犯戒喝酒。胃会痛，反而是一种有益的警告。患麻风病的，就是缺少了警报性的痛感系统，才会完蛋的！以前就有个麻风病人，因为失去痛觉，每天用滚开水洗脸，渐渐毁损了眼球，变成个瞎子！《圣经》说得对，事事有定时啊……"

盐巴将一粒花生米抛进口中："我还是想不透，人受苦时，上帝在哪里？祂有虐待狂吗？你们说祂万能，为什么不能把世界的罪恶与不平一扫而空？"

"尘世只是充军之旅，真正的正义，有时候在人间看不到，只有天上一次而永远的赏报可以弥补，那真是难以言传的奥秘啊！如果没有罪恶的魔鬼诱惑，怎么试得出来，谁费了更大的劲儿去自我挣扎、去修持'忍功'？"老邱以坚定的口吻，站起来扶住阳台的栏杆，企图说服老友，"上苍只许下超性的力量帮助我们度过人生的低潮，靠仰望祂而一关关通过各种考验。正如佛家所说的劫数难逃，祂不肯减除我们该受的痛苦，是不为也，非不能也。因为受苦是赦罪、得智慧的必需条件！想要一个没有痛苦的世界，只有好自为之，等待公审判的来临。到那时候，痛苦会有最后的爆炸，不朽的胜利一定会来。"听得不耐烦，盐巴开始哈欠连连："饶命啊！别再谈这些枯燥的大道理吧！来，今朝有酒今朝醉，干哪！"

天空没有星光。被乌云遮蔽的圆月，像个犹抱琵琶半遮面的少女，似隐还现。远处传来一阵恓惶的犬吠，更添几分萧索怅惘的哀愁。凝望着浩渺的烟波之外，盐巴梦魇似的呢喃道："你瞧那黑黝黝的海峡水，流呀流的，上哪儿去呀？"老邱居然正经八百地答复他："濑户内海的水，东到太平洋，西到日本海，跟我们的黄海、东海、台湾海峡全是相通的！"

"台湾海峡？水军海峡？哈哈……"盐巴像挨了暗箭似的

痉挛着、神经质地怆然泪下，"日本军阀害死多少中国人，积血成海、积骨成山……老邱啊，从地图上看，这水军海峡离咱们老家东北，可真近啊！故国的三江五岳夜夜都跟潮水似的，往我心里猛撞……可是，为什么连矢野他们都要跑出来呢？为什么？"像被滚滚的海峡水灼伤了似的，两个漂泊异乡、怅对明月的醉汉，沙哑着嗓子，轮流低声朗诵、吟唱一首美国女诗人狄金森（Emily Dickinson）的名诗《在巨大伤痛后》："在巨大伤痛后，随之而来的是森漠的感觉／神经萧然肃坐，如墓……机械般的双脚，徘徊……这是心情沉重如铅的时刻……就像冻得打战的人回忆雪中的情形／先是寒冷透骨——然后昏迷麻木——然后是随他去——"呜咽的激流湾，无言地打着节拍，承接着泪水。

6

回房后，盐巴已经醉得东倒西歪，瘫坐在榻榻米上，又哭又笑又吐又打滚。想起来就低吼两句："桂花、桂花……"浑身轻飘飘的，像一片羽毛浮在半空中，完全不听使唤。由于血脉翻涌，被一股想发泄的亢奋支使，他便迷迷糊糊爬到衣柜里，翻出两本日本的黄色杂志——老太婆的杂货店里，每个月都有十几种不同的版本，任君挑选。大概经过混血的品种改良吧，这些日本裸女的身段实在不赖。日本禁止暴露下体；胸前两个丰满白嫩的诱人乳房，倒是大大方方地展露着。横的、竖的、躺的……各种撩人遐思的美妙姿势，应有尽有。他依稀记起，桂花那两团温软硕大的奶子……多少个缠绵悱恻的夜晚，他曾经深情、满足地把头枕在她起伏温暖的乳沟上……

如今呢？是那个该死的冈林幸保枕在上面吗？一想到这儿，盐巴立即恶心地"哇"一声，把胃里的酒菜如排山倒海般，统统吐了出来。盐巴只隐约意识到：胸口发胀，涌出一股酸腐的臭味。以后的事，就一概没有了知觉。

寮里的早餐，永远一成不变：一小锅味噌汤、切几片薄薄的豆腐、漂几点小小的葱花。外加一碗白饭、一个荷包蛋。老邱早有千杯不醉的海量，昨晚又喝得不多，吃一包"杀窟窿"

胃药，便一觉睡到大天亮。他独自吃完早饭，见盐巴还没下来，就上楼敲他的门。敲半天没反应，心想："八成是酒喝多了，让他多睡一会儿吧！"于是打算先到山坡上去散散步，呼吸点原始森林的新鲜空气。

路过寮房一楼的空地时，看见十几部擦得雪亮的轿车，已经停在车棚——日本工人都习惯提早一个小时到船厂来。由于"打游击式"的协力厂工人没有专用的办公桌（哪个岛上有工作就往哪儿跑），他们宁可先坐在自己车上翻阅那五大张《读卖新闻》，也不肯因为迟到而赶不上打卡。老邱打算等散步回来再把盐巴喊醒，让他好赶上打卡。

悠子平常都是帮父亲洗完早餐的碗再自己开车去上班。今早看盐巴迟迟未到餐厅，她又要等着收拾，便去敲他的门。久久没有回音，悠子担心会出什么意外，便拿了另一套由寮长保管的房间钥匙，径自打开盐巴的门——一看，吓她一跳！盐巴在榻榻米上吐满了一滩一滩的秽物，臭气熏天。连他自己的嘴角、鼻孔、耳朵、枕头也全沾了呕吐的脏东西。悠子瞥见他身旁散放敞开的上空女郎照片，脸一红，赶紧替他收进抽屉。然后，便用脸盆端水、找毛巾，跪在盐巴身边，温柔细心地帮他擦洗着。

盐巴被弄醒后，以感激而愧疚的口吻说："真不好意思，还麻烦你……"悠子妩媚驯良地浅笑着，继续卖力擦拭弄脏的榻榻米。一抬眼，悠子发现盐巴的鼻头还有秽物，便娇羞地拿条干净毛巾，挨近了替他擦洗。女人的香水味儿加上"雪中送炭"的异性温情，使盐巴忘情但并无邪念地伸出右臂，出于支撑身子的自然反应，将手搁在她纤细的腰肢上，任她擦洗。不料，寮长一个箭步闪进来，劈头就"啪！"地一耳光，将女儿打得跌坐到榻榻米上。老邱也正巧走来准备叫醒盐巴，只听寮长用日文怒骂悠子："他只是一个工人！谁叫你这么自贬身价，不要脸地跑他这来？回去！上你的班去！"

悠子捂着脸哭走之后，盐巴再怎么追问，老邱都不肯把寮长骂的日本话，据实告诉他。眼看就快迟到了，盐巴只好空着肚子，匆匆赶去打卡做工。

马验船师从城里到了船厂，便跟老邱一同会验柴油柜及水压试验。老马细瞧着柴油柜的底部铁板，愈看愈不对劲，就对老邱挤眼睛（日本厂方检查课的野田先生，一路陪着他们）："你看清楚点，铁板上面好像有焊补过的痕迹！"

老邱目不转睛、十分专注："妈的，日本这些精豆子，把焊的地方涂了油漆！这明明是块旧铁板，想拿来滥竽充数、骗我们钱？没那么容易。"他马上用日文斥责野田先生，"换掉换掉！造新船当然要用新底板！"日本课员当场就立正鞠躬："嗨！瘦得死（日音：是)！"

满船的日本工人都在加紧埋头苦干，没有人抽烟，更没有人在闲聊。他们两个台湾的工程人员，一前一后经过"救生设备"的仓库时，老马略感惊讶地拿起一件救生衣："日本人手脚真快。我前天才随便说说，原来的型式恐怕不够牢靠，台湾少说也是 SK－1 型的。你看，他们就自动把三十五件救生衣完全换成 SK－1 型的了！"

老邱点点头："你记得吧？上星期那家滨田铁工厂承制的舱口盖、舷墙板不是因为电焊检查不合格，累得我们来回到他厂里跑了四趟吗？"老马嗯了一声，以眼神询问他问这话的用意。老邱无奈地耸耸肩："听品管课讲，总厂那边知道了很不高兴，怕给外人留下不良印象，已经把他协力厂的资格取消了！要是在台湾哪，有些卫星工厂做得再烂，只要老板的后台够硬——船厂根本不敢动他一根汗毛。"

验船师发出一个会心的微笑，接着说："其实，我们对这儿的要求并不算苛。水军船厂的旧老板，听说垮就垮在接了五艘德国船的订单——德国人一丝不苟的严谨作风，动不动就要求翻工重做、停工协调……难缠透啦！"

正在边验边聊的时候，马路上突然传来救护车的哀鸣警报，很多人都暂时丢下手边的工作，跑出去挤看热闹。老邱他们刚走近人堆的外圈，就看见盐巴哭肿了双眼：

"他……他跳海自杀……已经没救啦……"

"谁呀？"

"矢野。我们东北老乡——矢野。他、他昨天还问我，能不能上我们这条新造的船，出海当船员？我说……"盐巴拿手帕狠狠地擤了一把鼻涕，"我说暂时恐怕还不行呢，这是挂自己旗的船，照规定，目前是一律要用自己人的呀。……他又颠三倒四地说，没关系，就算行——他母亲也不会答应。他……他还给我看他爱人（离了婚的太太）照片。看神情，他还是很想念她……"

老邱不解地问："他在这儿不是干得好好的吗？"

"谁说的？他老想找人聊中国话。我说没办法呀，这艘船造好，我就要离开此地，不能再每天陪他聊。他……他有满肚子的苦闷。"救护车载走了矢野的尸体，看热闹的人潮也嗡嗡地散了。盐巴独自躲到海边的沙滩，坐下来抱着膝盖猛抽香烟。

矢野啊，你不是说，要为错当了红卫兵而赎罪吗？你这么一死了之，你年迈的双亲，该有多么伤心啊！人比人，盐巴猛然醒悟到：自己虽然烦恼多多，又跟矢野一样遭遇到类似的生命的低潮——然而，"文化大革命"却把矢野这些迷途羔羊生命意义的"根"给"革"掉了！而他盐巴，虽有寒冬迷航的苦闷，却仍有中国传统哲学与诗画的灯塔指引！却仍有文化的根可以帮助他升华苦闷，渡过难关！可不是吗？比起仿若无根的矢野来，他至少还拥有自由和希望，怎能人在福中不知福？

在日本工厂做事，不能浑水摸鱼。盐巴熄掉香烟，抖擞起精神，往工地走去。他决定要问出矢野父母亲的地址，等下班后，带点东西去看看两位悲伤的老人家，再帮忙料理矢野的后事。

隔了几天，老邱关切地问起："矢野家你去过啦？情形怎么样？两个老的以后靠什么过日子？"

"矢野他母亲是四国岛的本地人，还有些日本亲友在帮她忙。唉，白发人送黑发人的场面，看了真叫人肝肠寸断啊！日本为了讨好中共，批准日侨携眷回国，住的是政府配的贫民住宅，房租很便宜；不过，小屋里又挤又臭……"

"他父亲是你们东北老乡，聊得怎么样？"

"他哪还有心情聊啊？我到矢野的遗照跟前上香鞠躬，他老爸一副绝望潦倒的憔悴模样，一直很沉默。也许，是在懊悔当年为什么要娶关东军的女儿——才造成这样的家庭悲剧！唉，我这要命的偏见，什么时候才改得掉啊？"

盐巴早晚来往于工地和寮的路上，每天都听见越南船的甲板上，有人在哭喊，在乱唱乱跳。听说是上回看见的那个喝醉酒又骑无照车而被逮的越共。他因为没钱缴罚款，被裁决禁足在船上，不准下地，直到开船为止——而这越南船还要修好久呢。

一声比一声哀苦的咆哮，像关在铁笼的困兽在怒吼。也像在替盐巴将他无言的抗议化作哭求：唉，听烦了，找厌了，索性躲在房里稀里哗啦把桂花的照片撕个粉碎！接着，又有点后悔……

悠子每天晚饭后都拿着书本、纸笔，硬缠着盐巴教她中文会话。也好，她教他中文，她教他日文，教学相长。老邱曾经背着悠子开他玩笑："看样子，她对你挺有意思的！想开点，老婆嘛，旧的不去，新的不来！我看你干脆留在日本给寮长当女婿算了！寮长有车有房产，悠子又会上班赚钱，条件不错啦！"

盐巴一拳打过去："去你的！你自己想讨细姨，你追呀！"

"说穿了，我身份不同，监督嘛！日本人分得很清楚，不敢高攀，也不便太打扰我！何况，他爸爸一定告诉过她，我有太太，你没有！嘿嘿！……"他恶作剧地阴笑着。

这天，悠子在学中文时，鼓足勇气主动邀请盐巴假日一起去郊游。思念妻儿的心情太苦，盐巴也实在需要解解闷儿。几次都想把已有妻室的实情告诉悠子，话到嘴边却又吞了回去。想想，还是一口答应了。"单以肉身来讲，男人噢，有时还真是坏呀！"盐巴却又暗暗自责。

悠子当导游，陪他到附近著名的"松山城"去玩。两人先坐空中缆车，像到台湾的乌来一样，可以俯瞰脚下的绿野平畴与苍翠的山峦。城楼的山脚下，遍植着许多千年老松。城外，还有一圈诗情画意的护城河。河里不再有昔日藩王坐镇城楼时的刀剑、云梯与厮杀。太平岁月的护城河里，优游着十几只美丽祥和的纯白色天鹅。云淡风轻，可隐约闻到从悠子身上散发的香味。河水反映着蔚蓝的穹苍，河畔有垂柳，有松柏，绿树成荫。

有一只天鹅要起飞之前，先用双翅击打水面，划了约五十公尺的助跑，才开始翩翩飞起——长长的颈脖往前伸，翔姿优美——惹得围观的人群仰头赞叹不已，咔嚓咔嚓地抢拍照片。河里的天鹅，休息的就把头颈缩成 S 形，警戒的就直立着脖子，小睡的又把头颈插入背羽之中，各有各的表情。"你看嘛！喂！"悠子兴奋地摇着他的手臂，又跳又叫。盐巴顺着她手指的方向一看，有只天鹅妈妈正把几只小天鹅扛在背上游泳。盐巴连忙打开照相机抢到这珍贵可爱的镜头——蓦然间又喟叹着：中中啊，你几时能像这小天鹅一样，让爸爸把你扛在肩上？悠子当然弄不懂：身旁这俊挺大汉，怎会忽然眼眶发红、想哭想哭的？

　　城楼盖在悬崖峭壁的山巅。游客在城下先要经过的小径，一边是崇山峻岭，一边就是石块砌成的高墙，斜斜的，像是随时会塌下来压到人。外观完全抄袭中国汉唐建筑的"松山城"，乍看有几分神似北京"紫禁城"的阁楼情调。里面的建材全是古老的桧木、榉木，一进门就要先换上日本拖鞋。又陡又窄的木梯上打了蜡，盐巴走得提心吊胆，生怕滑倒了让悠子笑话。悠子怕怕地跟在后面，不知何时，两人已经手牵手，一步一步往高处攀登。

　　到了城楼顶层的瞭望台：昔日咻咻的射箭口，已换成高倍数的巨型望远镜，从四面八方的窗口往外伸——要把触角伸向全世界，窥伺商战情报吗？登高望远，整个松山市的景览无遗，果然有种"握天下于掌心"、人主为王的飘飘然之感。陪老邱来时，他提到什么耶稣在旷野山上首斋四十昼夜受魔鬼试降——盐巴总听得一头雾水。

　　对每个房间刻意陈列的武士盔甲、盾牌、长短刀等"日本重要文化财"，盐巴实在提不起多大兴趣。倒是墙上挂的几幅中国古画复制品，吸引了他。一幅是日本二玄社精制复印中国五代人所画的"丹枫呦鹿图"，一幅是南宋李嵩的"天中戏水图"。前者，跟他住的漉山公园风景相似；后者，是一艘栩栩如生的大龙舟，舟边站一排摇橹前行的中国古人。那栋楼阁殿宇跟眼前置身其中的松山城，几乎一模一样。悠子欣赏极了："仲跋，你们中国的龙舟真美呀！"

盐巴淡淡地回了一句："可惜这画只是个赝品。"

两人下了城楼，坐在千年老松下的石椅上，喝着饮料。一行行南归的鸿雁，从山脚的海面上，嘎嘎而过。盐巴一时兴起，拿笔在"松山城导游手册"的封底白纸上，抄了一首古诗教她念："木落雁南度，北风江上寒；我家襄水曲，遥隔楚云端。乡泪客中尽，孤帆天际看；迷津欲有问，平海夕漫漫。"当然少不了又要费点口舌解释一番。她倒听得十分专注："仲跋，你实在不像工人——我第一眼看到你，就有了这个感觉。我外婆也懂一点点汉诗，她住在神户。我母亲早逝，一向都是外婆最疼爱我……"

盐巴以怜惜的眼光，与她盈盈的双眸对视了片刻。把视线移到染着苍苔的古老城墙时，盐巴又忆及 K 港一些"工人作家"的文友曾经感叹过："古调虽自爱，今人多不弹。贵远贱近的结果，使 K 港到处林立着欧风馆、荷兰屋、纽约大厦、日本食堂……走在街上，不晓得究竟踩在哪一国的土地上？日本除了东京、大阪这些大城之外（他们也到日本船厂来受过训），很多地方都在努力保存传统文化。台湾呢？干涩的生活品质，穿制服似的超商林立，好像不否定先人的传统，就不够时髦似的！"

走在异国的古阶青苔上，盐巴舒出一口轻叹。

"为什么叹气？"悠子侧着头关切地问。

他用另一个迷惑"掩饰"方才的感慨："你们这个民族，又喜欢诗画的淡泊隐逸，又老爱对外侵略抢劫，实在矛盾！"悠子很不服气："侵略你们的是军阀，不是日本老百姓！战争时，日本人民也同样受害受苦！"说罢，便弯腰拾起一枚松树的褐色毯果，放在手心上把玩。盐巴望着毯果张开的木质种鳞，不想再为昔日的创痛而徒然争辩。

接着又到"松山市立子规纪念博物馆"去参观。建筑外观庞大而有气魄，上下一共有四层楼的展示室。盐巴看着有许多汉字的日文简介上说，俳圣正冈子规，明治时代生于松山市，后来因肺病咳血，三十六岁就死了。悠子十分崇拜子规能诗能画的才气，她边看边跟盐巴解释："俳句是从你们汉诗演变来的，也是日本七字诗的变体。有三行，每行分别是五音、七音、五音，多半描写自然界的变化。"

盐巴一再看到作家"夏目漱石"的名字，悠子又滔滔不绝地说："明治二十八年，夏目漱石曾经因病躲到松山中学来教英文。他喜欢此地乡间的宁静，跟好友正冈子规一起住了两个月，互相鼓励、研究文学。"又看到馆里播放的录影带，才知道每年子规忌日那天，松山市长都亲自带领文人到子规的故居朗诵俳句，礼遇之极。等走到街上，随便买盒点心，里面居然也夹张书签，印有子规的诗画，还把点心命名为"松山俳果"。盐巴感慨道："你们日本在文化宣传上，可真是无孔不入啊！"

"嗯，日本人都以家乡出了伟大的作家为荣。艺术家是国宝呢！报上统计说，日本连工人家庭每年都把约七千元台币买书看，你们台湾每人平均一年只花四百元左右！"

盐巴羞得无地自容，慌忙找话反击："你们爱书又爱作家，修养了半天，怎么对外人还那么阴？"

"阴？"悠子歪鼻皱眉的样子很滑稽，"什么叫阴？"

"譬如说吧，有个开工厂的亲戚从台湾写信给邱监督，说你们商社卖的无梭织布机，原价美金两万，等台湾开发成功了，马上跌到美金一万二，打得他晕头转向的！听说印尼还无法自制，你们照样卖一万八？这就叫'阴'，懂不懂？你在商社上班，把产品推销给大陆、台湾和世界各地，就这样每天光耍阴险奸诈？"

天空布满乌云，像要下雨的前兆。悠子的脸色也像天气一样阴沉、委屈。她红着脸，偶尔夹杂些盐巴已能听懂的日文，中、日语齐上地反驳道："做生意、求生存当然要用方法，商场如战场啊！像你们有个什么铁头'部长'，一下禁止一千多种日货进口，连录影机都不准——这哪叫自由贸易？你们厂商只靠政府的保护、溺爱，不敢货比货地公平竞争，会永远是长不大的幼稚工业！"

盐巴暗暗吃惊，没想到谈起公事来，这女人会这么尖牙利嘴。他冷硬地回着嘴："日本对我们中国亏欠太多，不应该利字当头就完全不顾道义、恩将仇报！在各种先进技术和企管方面，对台湾戒备森严、守口如瓶还要拦腰打击！"嘴巴再硬，盐巴心里还是在想："在商言商，谁会跟你谈什么道义？人若有海盗个性，早已根深蒂固。如果自己够强壮够厉害的话，海盗又能拿我们怎么样？"

眼看悠子气得有点不想再理他，盐巴心想："唉，男女之间总是'赢了理，输了情'……渐渐就没下文啦！"

幸好，忽然一阵石破天惊的雷声，轰隆隆地倾下了急如瀑布的骤雨。盐巴搂住悠子，连忙闪进店面的走廊下避雨。他凝视着对面屋顶上鳞鳞千瓣的琉璃瓦，被淋出亮湿的水光，雨滴顺着古典的屋檐潺潺泻下，真美。悠子仰头问他：

"怎么办？没有伞。"

盐巴沉吟片刻，试探地问："找个地方坐坐吧？这里我不熟，由你带路！"悠子神秘地笑笑，走没几步，就把他带进一家气氛很罗曼蒂克的西式咖啡厅里。上了灯光较暗的二楼，她点柠檬汁，他却叫了一杯酒，然后掏出手帕温存体贴地帮她擦掉发际与额头淋到的雨水。冰凉的酒液滑入他的喉咙，立刻有种灼热的感觉，像在鼓励自己：人生苦短，何必再假正经？柔美的情调音乐，瓦解了彼此伪装的防线。悠子依偎在他怀里，盐巴低下头，托起她尖尖的下巴颏儿，两人便饥渴地狂吻起来，久久久久……由于拥抱得紧，她的乳房紧贴在他噗噗猛跳的胸脯上，揉搓得令他神魂颠倒。

他在脑海中幻想着，不知悠子赤裸裸的胴体，会是什么模样？他呼吸急促，已悄悄解开她胸前的纽扣，正要伸手进去触摸她的乳房时，竟然神智不清、恍恍惚惚地低唤着："桂花！桂花！……"悠子忽然假装推却地坐直身了，撒娇道："桂花？不对不对！我喷的是茉莉花的香水，你鼻子有问题。"她想吊吊他胃口，故意把臀部挪开了一点，咬住吸管去喝她的柠檬汁，口是心非地伪装着矜持。

盐巴稍微清醒了些，老邱那句"人的肉身向下、灵魂向上，自相争战不已"的话，回荡在他耳边。他扪心自问：我是在报复一个日本关东军的女儿吗？她是无辜的呀！是的，人在堕落时，通常都会以别人的恶行来"掩饰"自己的龌龊。

他深深觉得，自己若一旦陷入肉欲的深渊，却又无心娶日本女人为妻，将是一桩很卑鄙的罪过。而且，也对不起桂花。不！他又矛盾地怪罪起桂花的无情：是她先对不起我！她下贱，我为什么不能另找女人报复报复她？

但是啊……"宁可人负我、我不负人。"——既然一向痛恨"玩弄"别人感情的人，自己怎么可以去侵犯一个尚未真心爱她的女人？他咕咕地灌下了几口酒。

听音乐，喝饮料，悠子看他不言不语毫无动静，又意识到自己敞露的乳沟被冰水滴得凉凉的——悠子自觉，被冷落或欠缺肉体吸引力的虚荣心混杂着莫名的屈辱感，使她故意口是心非地说着气话："该回去啦！"

"啊？"盐巴信以为真，有点庆幸自己的悬崖勒马，慌忙起身就逃，"好！好！我去付账！"归途，悠子老跟他臭着脸闹别扭，弄得盐巴丈二金刚摸不着头脑，以为她气他以热吻占了便宜，只暗暗摇头："女人心海底针，可真是晴时多云偶阵雨！"

回到寮里才晚上七点多。假日，只要盐巴、老邱在餐厅黑板上写明吃饭人数是1或2或0，寮长就会看着办。盐巴早上出门前已登记不吃，刚才悠子闹情绪又不肯陪他在外头吃晚饭，弄得他心神不宁，也没有胃口吃东西，便跑到老邱房里来，总比空守着榻榻米，来个梦遗要强。

老邱门没锁，盐巴以一种哥儿们随便惯了的熟人心情，径自推门进去。只见老邱背对门，正在倾听录音机里传出来的女人与小孩嘻嘻哈哈的对话。见盐巴不吭不哈就闯进来，老邱有点难为情，却已来不及关上，索性招呼他坐下："我太太怪我中秋没良心，不飞回台湾，就干脆寄了卷录音带来。你听，我三岁的小儿子刚刚在学唱歌……"

稚嫩的童音，尖着嗓子高唱："哥哥爸爸真伟大，名誉照我家。为国去打仗，当兵笑哈哈。走吧！走吧！哥哥爸爸，家事不用你牵挂……"老邱眼里漾着泪光，"咔"一声把录音机关掉，吸吸有点酸楚的鼻水："为国去打仗。打什么呀？为养家活口，被拴在这荒山孤岛上，当个台日经济战的俘虏——哪有心情再笑哈哈？哈哈笑？唉……"思乡？仿佛为遮掩房里弥漫的伤感气氛，老邱起身扭开电视问道：

"一整天，你疯到哪儿去啦？寮里头妈的连个鬼影子都找不到（他怕寮长太麻烦，也登记不吃）。你的电视有美女帮你调包，不必丢钱了——还要来看我的？"

"无聊，来看看你不行啊？"盐巴外衣淋过雨，索性当场就脱了丢进老邱浴室的洗衣机里，倒点洗衣粉开始让它哗哗啦啦地绞动。住楼上通铺没有洗衣机，盐巴除内衣裤有时自己顺手搓搓之外，其他衣服全丢这儿来绞。

电视频道选在 NHK，正在播放有关"外借船员"的专辑报道。两个只穿内衣裤的大男人，百无聊赖地靠墙坐在床上（老邱一来就申明不习惯睡榻榻米，寮长连夜替他搭床并装了一台新买的冷暖气机），盯着电视边看边聊。电视画面上出现一位失业的中年日本船长，在陆地各航运公司奔走寻觅，老是四处碰壁，没机会上船混饭吃。

老邱点点头："事实如此。日本物价贵，船员薪水高，船长的身价更是贵得吓人。反正船只若登记为巴拿马籍（该国只图赚个登记费，管理规则很松），船员薪水既可免缴税金，检查又马虎又能雇用外籍船员。日本船东算盘打得精，宁愿雇用低薪的菲律宾船员！"

镜头紧跟着求职屡屡挫败的日本船长，正潦倒地枯坐在公园角落里暗自垂泪：一家五口的生活费、教育费，该上哪儿去筹？日本人做专辑实在用心，外景队大老远又跑到"上日本船"的菲籍船员家里，实地拍摄他们生活得以改善的过程——菲籍父母接受访问，都庆幸自己有个吃香的船员儿子。盐巴对日语已能听得懂六七分，看得惊叹不已："乖乖，日本普通船员最低工资要日币二十万以上，一个菲律宾船长才给三十五万日币就能打发了！菲籍船员只要给个日币五六万，你看，就乐得合不拢嘴啦！"

"当然啰，各国生活水准不同。他们赚这些钱回菲律宾去花，管用得很哪！"老邱说着又忽地跳下床，翻出一张最近的《联合报》来，读给盐巴听，"以前台湾船员还挺吃香的，现在你看，外雇人数今年就比一九七八年少了近一万名，几乎少掉一半！中共船员薪水低，也抢了我们不少人的饭碗。除台湾轮外，连我台航商都不肯用自己人，宁愿少花点钱雇用菲律宾和印尼船员——何况他们日本？没办法，航运不景气！"

电视专辑的主播人是个小白脸型的男士，他继续指出，船员编制愈来愈紧，一艘标准大货柜船，上面只要十一名船员就能遨游四海。日本船员的缩减方式，更为惊人：他们已经实施轮机、航海船员共同专长制——一鱼两吃。

"妈的！"盐巴为船员的就业前途黯淡而忧心。他压箱底儿的船员证，是他最后一张王牌，没想到连日本船长都面临失业的危机："新船的机器都变成全自动的——好嘛，以后全是电脑、机器人的天下；活人没饭吃，统统跳海算了！"

专辑结束后，老邱劝慰道："你放心，天无绝人之路。上帝连天上的飞鸟、地上的小野花都在照顾，怎么会不照顾你呢？你忘啦？营业部长家明天请吃晚饭，咱俩的头发都长得像鬼样的，来，我先帮你削！"

老邱说风就是雨，一把将盐巴推下来，拉到玄关的木板地上，端把椅子压他坐下，好挨他修理。盐巴挡住头抗拒道："这么晚了，还剪头发？部长要请的是你，我算老几呀？你嫌头发长，要我帮你剪，直说不就得了？还他妈的拐弯抹角！"两人推推让让拉扯了老半天，老邱急得直跺脚："部长都当面跟你说过了，你还当是应酬话呀？再说，我一个人去吃，有啥意思？人多，闹起酒来才过瘾。拜托你坐下，听见没有？"

盐巴拗不过他，只好乖乖就范。老邱把报纸中间挖个洞，从盐巴头顶套进他脖子上，代替围兜。他们用来理发的克难工具，其实只是一柄正方形刻有齿痕的削发刀，凑合着用。盐巴以前毫不在乎，今晚却不免担心着："削得跟狗啃的一样，悠子看了会不会笑话？"老邱边削边横个脸在他耳边呼气："在台湾理发又便宜又舒服。哪像这儿？随便剪剪就要日币四五千——剪头发像割肉样的，谁不心疼？小兄弟，将就点吧！"老邱的手有点紧张得微微发抖，他又想起来，"跟你讲件鲜事儿！上次我们检查柴油柜，发现一大块旧铁板，不是叫日本人换掉了吗？你猜他们把旧的弄哪儿去了？"

盐巴摇摇头，害老邱手上的削刀差点割到他耳朵："你别乱动啊！日本人欺侮越南船员外行，又没有验船师，干脆来个你丢我捡，又把咱们 reject（淘汰）的旧铁板，装到越南船上，略施小计就唬过去啦！占了便宜还骂人家越南人水准差，有眼无珠。这年头弱肉强食，自己不争气的话，到处受人欺侮！"

7

　　相当讽刺地，盐巴他们在赴约前往营业部长家之前，收到的航空邮寄报纸（比国内晚三天才到），有个醒目的大标题："史实俱在，岂可信口雌黄？"——对日人"梦回满洲"一文之批判。文中揭发日本《文艺春秋》刊出的特辑，日人认为满洲是一块"无主之地"，极力替日本关东军狡辩卸罪的自圆其说，气得盐巴在监督室拍桌子大骂："差劲透了！多少深仇血恨摆在眼前，他们居然……居然敢他妈的睁眼说瞎话？乡愁？你瞧，老编这句话多妙：日本人的乡愁？不是你的'乡'，发的什么'愁'？嗳，我不去了！吃关东军的鸿门宴？要去你自己去……"老邱静静容忍着盐巴的激愤。他自己看了这些满纸荒唐言，当然也气，却没有盐巴对"满洲国"那份切肤之痛，比较能够冷静些：

　　"大人不计小人过。正因为发动侵略战的人卑鄙，我们才更要表现出泱泱大国、礼仪之邦的风度来！人家菜都准备好了，咱们临时变卦失约，岂不是给自己丢脸？等人走了还被日本人在背后讲坏话，犯得着吗？"

　　"哼，山不转路转，部长这个关东军大概做梦也没想到，有一天要倒过来巴结中国人！"老邱纠正他："不是巴结人，是巴结造船费！看不见的经济掠夺！对这种仇家，不吃岂不白白便宜了他？走啊！让他多当几次奴才也好！"

出了办公厅大门，盐巴再三告诫自己："要保持中华儿女的风度，千万别发作！他当关东军也是身不由己的事。"

"看日本人大发满洲乡愁的谬论，跟他们歌颂水军英勇、篡改侵华历史，完全是同一种心态——搞不好就是军国主义复活的迹象！"老邱双手插在裤袋里边走边聊，"可怕的是，台湾居民的警觉性太低。以前崇西洋，现在崇日。百货公司摆的日常家电用品，多半是日本货。报上说，我们自己稻米生产过剩，政府一年要补贴二百亿；可是日本米果（米制饼干）最大的外销市场却是台湾——一年就吃掉一亿六千万元台币。肥水流入外人田，跟造船一样，怎么不叫人心痛？"

为了表示礼貌，他们提了一盒梨一盒苹果去。部长把他家的门牌号码与路线图都给了老邱。听说就在附近，两人便一路按图索骥，方向是在办公厅左后方的山谷中。盐巴他们早晚散步都往反方向的崇山峻岭去爬，从来没发现过，此地还有另外一个世外桃源！

两人边走边惊叹着景色的空旷宜人。盐巴看风景看得舍不得往前走了："这么美的景象，只有在宋元画册里才见到过。难怪郁达夫有篇散文说他到濑户内海旅行时，只想留在四国岛海岸做个半渔半读的乡下农民——依船楼而四望，真觉得物我两忘，生死全空了。可惜，你我还达不到看破红尘、老僧入定的境界！我对这地方，已经又爱又恨，矛盾极了。我有什么资格挖苦少数日本人对'满洲国'的乡愁？怎么办？"

"怎么办？留下来当寮长的女婿呀！"

"少啰嗦你——"

盐巴放眼望去：天苍苍，野茫茫。眼前有山有水、有松有竹……千岩竞秀，万壑争流，草木朦胧其上，恍若云兴霞蔚。沿途有大的神社也有小的矮庙，荒山古刹，显得十分庄严质朴。神庙的飞檐与琉璃瓦、庙后的青山红枫、庙前的松林巨石……——沉浸在黄昏玛瑙的薄雾里，古意盎然。老邱忽然提醒他："大自然的美是不分国界的，你真该提笔画下来。圣方济失明、得五伤时写的'太阳歌'，你读过没？"

对此情此景的无限矛盾，使盐巴不知道该怎么回答。

老邱也雅兴大发地吟出："我也有一首最简单的——偶来松树下，高枕石上眠；山中无甲子，寒尽不知年。可惜，咱们都只是过客而已。快走吧！再拖就要迟到啦！"

已成熟的稻穗，谦和地弯着腰垂着头，默默等待被收割的疼痛与喜悦。附近只有八九户人家，却有一大片阴森的坟墓。老邱说："日本人不大忌讳住在坟边。尤其乡下人的祖坟，通常都在自己家附近。"

"祖坟？"盐巴想起冤死在日本的先父——尸骨何在？

照门牌算来，山顶上那幢雅致气派的独栋小别墅，大概就是营业部长家了。盐巴心中忆起杜牧的诗句："远上寒山石径斜，白云深处有人家。停车坐爱枫林晚，霜叶红于二月花。"

他嘴里却在问："没见过部长太太，不晓得长什么样儿？部长那么矮，你猜他太太会有多高？会不会比他高，不敢穿高跟鞋？"

"嗳嗳嗳，多留点口德啊！"顺着羊肠小径爬了一段山坡路，果然看见部长夫妇站在大门口行着九十度的鞠躬礼在恭候大驾："伊拉下衣妈谢（日音：请进）！"等女主人粉脸一抬，可把老邱他们给楞住了！原来……原来部长夫人就是每天在办公厅扫地、倒垃圾的清洁妇？眼睛没看花吧？经过部长介绍后，果然不假！盐巴直在心底纳闷儿："真是不可理喻呵！瞧部长家门口摆了两部崭新轿车，还有近三百坪的地皮，房子少说也值个日币七八千万（他看过日本报纸的房地产广告）——怎么还让太太……"

在玄关换了拖鞋，登上略高的木板地，仰脸便正对着一幅苍劲有力的毛笔字："寒山转苍翠，秋水日潺潺。倚仗柴门外，临风听暮蝉。渡头余落日，墟里上孤烟；复值接舆醉，狂歌五柳前。唐人王维诗。昭和五十年，釜原光次书。"

"乖乖，部长这一手中国书道，一级棒啊！"老邱夸道。

部长用日文谦虚地回道："这是八年以前写的。现在人老眼花，写起书法手会发抖啦！我真喜欢你们汉诗，可惜许多汉字都只会写不会念。"

客厅中央已经摆满一矮桌的佳肴美酒。女主人还在忙着从厨房端菜出来，客人们便趁机四下打量着：室内窗明几净，墙上挂了一幅宋朝的山水画。画的右下方有个玻璃罩住的漂亮日本女娃娃。娃娃旁边有个仿象牙形状的粗木条叉架，架上展示着两柄长长的武士刀。地上的榻榻米又新又清爽。传统日式客厅左右两边全是通风良好的活动落地门，门外正对远山近树，颇有原始人筑巢山居的野趣。

盐巴他们忍不住地拉开方格纸门，走到室外。田边的池塘里传来蛙鸣的咽咽声。秋虫唧唧、水声潺潺。一钩凉月天如水，不时还能听见水军海峡一片清越激昂的浪涛拍岸声，铿锵入耳，盐巴感触很深："如果没有对日本八年抗战的人仰马翻，千疮百孔……中国，尤其是台湾，会是今天这样吗？"历史的血债是浪，今日的商业情势如岸——多么令人鼻酸的冲激呵！没想到办公厅的清洁妇在庭园艺术上，下了这么大的功夫。房子四周围满了几百株盆景，格局小而精巧。花木栽培得玲珑剔透，池石安排得巧夺天工，再加上天然的巉岩峭壁、老松修竹、苔绿茸茸……充满了庭院深深的苍凉感。

老邱跟他站在幽暗处耳语着："跟这位部长太太比起来，台湾有些阔太太整天就只会泡美容院、逛街买名牌、玩股票、打牌聊天吃馆子、比出国次数——怎么去'齐家''治国'？"

本来就爱吃"杀西米"（日音：生鱼片），又难得碰到有一锅鲜美的鱼汤，把老邱吃得眉开眼笑，一口一声"欧衣洗""欧衣洗"（日音：很好吃）地咂巴着沾满油水的厚嘴唇。

"今晚你可不会再饿得胃痛了吧？"盐巴跪得两腿发麻，偷偷挪动了一下。老邱回道："是啊，能天天如此该多好。"

三个男人已经酒醉饭饱了，女主人依然东跪西跪地上菜卸碗、滴食未进。经老邱再三催请，她才像小童养媳妇儿似的，跪在桌角上陪着聊天。闲谈之下，才知道她在船厂的主要工作是当"会计"，顺便负责打扫。部长说，日本公司女职员也都兼做倒茶、洗杯子、擦桌椅等清洁工作，丝毫不足为奇。不过，大城里，已有些新女权运动者，正在提出抗议。

部长太太又提道，水军船厂垮台的旧老板是她亲哥哥。她家是因岛水军望族的后代，家产庞大（盐巴暗骂：还不是当海盗抢来的）！父亲死后，平分给三个兄妹。哥哥虽然垮了，她这妹子如今还是船厂的股东，才能掌握整个分厂的财务。

老邱把女主人的日文一口气翻译给盐巴听："我哥哥破产以后，因为退票太多，已经成了票据通缉犯。有一阵子曾经潜逃到韩国、台湾、印尼各地推销船用机器，躲避债主。后来我们帮他的船厂找到买主，钱能周转开了，他才回来。现在我跟外子都在为他的旧厂努力经营。我相信我哥哥总有一天还会东山再起，从现在这个老板手中抢回他的水军船厂！"

盐巴像听天方夜谭似的，傻了眼。脑中隐约浮现出旧老板那天签账不成，被饭店撵出来的糗模样——可惜常听人讲起他，却未曾一睹他这位倭寇后代的庐山真面目。

饭局结束后，部长说他太太要表演整套的"茶道"礼节，以表达对中国人的友好与尊敬。盐巴心想：你以为这么吃吃喝喝、表演一番，就能赎你关东军在"满洲国"滥杀无辜之罪吗？稍停片刻，却又责备自己："宽恕吧！为什么总做不到呢？"

部长太太换了一身华丽的和服出来，俨然与平日清洁妇的形象判若两人。纯白的锦缎和服，在腰后背了个枣红色的包袱。布袜木屐，显得十分端庄典雅。只见她正襟危"跪"在价值五十万日币的小炭炉边上，开始烹茗沏茶、端杯奉客。肚子刚胀得饱饱的，还硬要奉主人之命塞些红红绿绿的小甜点，以便衬出茶味的爽口。天晓得，那种沏茶用的绿色粉末，泡出来糊糊的一杯，还真不敢领教！

照规矩，先要持杯对左右邻客"多肉（日音：你请）"一番之后，还要把手上的陶瓷茶具，转它几下，让好看的花纹朝外，对着主人。盐巴跪得已经够痛苦了，还得一趟一杯地匍匐跪爬到女主人那儿去领茶。害他老兄爬得过去、退不回来，惹得一屋子人唐突地迸发出孟浪的笑声。根据部长的解释是说，茶道是在表现禅道精神"苦修武士"的生活，这是禅僧从中国输入日本的古老艺术，可培养鉴赏陶瓷茶具的眼力。

老邱自嘲道："这就叫礼失而求诸野！"部长接着又用日文沾沾自喜地说："我们住今治市小岛，就是山水画里的蓬瀛仙境、海上神山。日本艺术家的灵感，都是来自濑户内海这附近的诗情画意。"盐巴心中不解："多矛盾的民族啊！傲慢与谦逊、黩武与崇文，集中于一身？"

"茶道"近尾声时，部长又兴致勃勃从房里拿出三把用布套包妥珍藏的"武士刀"出来炫耀。国仇家恨的往事斑斑，使盐巴的眼神惶惑而冷寂、脸色呆木而悲寒……在东北老家，他曾亲眼看见关东军持刀捕捉中国男人去当"苦力"；也听母亲说，有新郎被捕后，新娘子在丈夫面前被关东军轮奸之后再用刀刺死……老邱一旁看了暗自捏把冷汗，生怕盐巴会克制不住，引发失礼的冲突——连忙从背后拧他一下，暗示他少安毋躁。利刃出鞘时，犀利的刀锋寒光逼人。部长站在榻榻米上比划着他的"传家宝刀"，说明是何年何月铸造的古董。然后又拿出他武术高段的证书来摆谱儿。盐巴冷眼瞧着部长人矮腿短，把那么长一柄武士刀配在腰际，刀尖近乎要着地的小丑模样，不禁又生气又好笑。

两人醉醺醺地出了部长家大门，寒冽刺骨的山风迎面袭来，陡地打了个寒噤。黑魆魆的森林幽谷之间，矗立着高矮不一的墓碑，使盐巴顿觉生死之无常、哀乐之无端。

走到黑水悠悠的海岸边，盐巴不禁喃喃低语着："带月荷锄归、带月荷锄归……老邱，咱们的锄头呢？饭碗呢？嘻嘻，你看，天上那一弯明月，像不像关东军横扫天下的武士刀？像吧？你瞧那满天的星星，正是日本遍布全世界的商品销售网呢……"蓦然涌起一股思念妻儿的情绪，变得异常渴切而又猛烈，迫使他颓然瘫坐在海边沁凉的石桩上，抱紧头颅凄切地呜咽着，泪下如雨："爸爸、妈……我对不起你们……请原谅孩儿不孝……我，我该上哪儿才能找回颜家那条龙的传人？"

　　苍天无语，仿佛在冥冥中"恒切如一"地行使祂既定的、至高无上的旨意。水军海峡血和泪的浪潮，依旧哗哗无情地冲打着游魂似的异乡人那颗淌血的心……

8

"悲歌可以当泣，远望可以当归。思念故乡，郁郁累累。欲归家无人，欲渡河无船。心思不能言，肠中车轮转。"黑夜的荒山幽谷中，盐巴独坐在林间倚松遣怀，俯瞰"水军海峡"夜航的渡轮灯火，能超度多少迷惘苦闷的心灵使之升华到无欲无牵无挂的彼岸？遥想东北、思念台湾，正被万念俱灰的郁结纠缠时，悠子却如女鬼般从他背后先捂他眼睛，继之便热情如火地凑上樱唇，任他狂吻爱抚着。

这一对异国情侣正陶醉在销魂蚀骨的激情中，怎奈寮长居然处心积虑地跟踪而来。发现女儿投怀送抱，气得他伸手反扭女儿的手臂，拖着就走，疼得悠子哎哎呻吟——这是悠子今仍为未婚老小姐的原因吗？棒打鸳鸯的寮长，以极端鄙视粗野的口吻，丢给盐巴一句："八格野鹿（日音：混蛋）！"

第二天傍晚，老邱神色凝重地把盐巴拖到防波堤上，眼望千顷碧波，语调沉痛地说："寮长跟协力厂老板告了一状，说你是色狼，引诱他女儿……要求协力厂马上解雇你。"老邱喉间哽涩，期期艾艾地斟酌着措辞。盐巴悚然一惊，惶惑地抬起眼，盯着老邱嚅动的厚唇，等待下文。老邱有点愤愤不平："这种事，一个巴掌拍不响，哪能单怪某一方？寮长这个老顽固对你才显现了真面目，对我只不过看在钱的分儿上，笑里藏刀。哼，不少势利眼的日本人骨子里根本就在谄媚大陆、歧视台湾。这些忘恩负义的家伙……"

盐巴低头不语——又不能敲锣打鼓喊冤说是悠子主动找他，真是哑巴吃黄莲啊！也怪自己被异域的寂寞所袭，没能好好把持……他捡起身边一块小石头，使劲儿刮着附着在岩石上的圈圈藤壶。

"解雇事小，话传开来，会破坏咱们中国人的声誉。"老邱忧心忡忡地接道，"我已经拜托过协力厂老闯——他当然明白，如果乱造谣，我们检查时多刁难些，就够他受的。看情形，大概不至于真的中途解雇吧！小兄弟，只剩一个多月船就造好了，这段时间里……希望你能慧剑斩情丝，别忘了你千里迢迢跑这儿来的初衷。当然，假如你真的爱上她，那又另当别论……"

协力厂老板与寮长之间的交情，抵不过与造船商金钱交易的现实压力——盐巴得以幸免于被驱逐的尴尬，却使寮长气得罢烧停伙，请假一星期回他神户的老家去了。

几天没见到悠子，盐巴也弄不清楚她是一起回神户了呢，还是故意躲着他？两个大男人下班回到寮里没有饭吃，营业部长过意不去，要帮他们叫便当，他们谎称自己会叫，便饱一顿饿一顿地靠着罐头、饼干度日。昨晚大概天冷着了凉，今天又一起吃了一盒超级市场买来的"生鱼片"，两人都各自躲在厕所下痢不止。盐巴引发了痉挛性的腹痛，一阵比一阵剧烈，疼得他哎唷哎唷抱着肚子撑回寮里去敲老邱的门。这是午睡时间，没想到，同病相怜的老邱也压住腹部剧烈的绞痛，苦苦呻吟道："惨了……都是那该死的生鱼片……你先进来，我拨个电话给部长。"

营业部长马上十万火急地开车送他们上医院。车子刚发动没多久，盐巴从车内瞥见二十几个越南船员，排着两行纵队走在路边，像打仗行军似的。想必又要到市区去搜购旧车、旧电视了。老邱趁着阵痛的间歇，开口说："前阵子，寮长还不屑地说，自从这两船越南穷鬼靠岸之后，市区住家就经常发生单车失窃的案子。日本小偷销赃不易，八成是偷了卖给这些越南人！"老邱肚脐附近再度绞痛，只见他缩着脖子弓着背，抱住肚子还在骂："真他妈的狗眼看人低！越南人来替他们搬运废物，还要诬赖人家！可恶，要不是他罢烧，咱们也不会……"

进了县立综合医院挂完急诊，矮胖的日本医生立刻拿了滚烫的热水袋叫他们先捂住绞痛的部位。服下镇痛剂、打针吃药后，老邱把医生的话说给盐巴听："他说这是急性肠炎，要咱们先绝食一天，再吃它三天流质食物。看样子，这几天就光喝明治奶粉吧！"

止完痛走出医院时，倾盆大雨已经哗啦啦地下了起来。秋雨潇潇，使四国岛的山峦青葱欲滴、云缭烟绕，有几分山在虚无缥缈间的凄迷。盐巴凝视着蒙蒙的烟雾在想，自从寮长翻脸无情之后，他其实很想"颇有骨气"地自动收拾行李、搭机返台。问题是……难道桂花从来不看日本报纸吗？或者是报纸太多，她没订到他刊登启事的那两份？

部长的车里正播放着类似"荒城之月"等哀怨凄绝的日本歌谣。歌词仿佛在感叹：时光流转，想不到昔日威风凛凛的关东军，也有当中国人司机与副官的一天？老邱已闭眼假寐养神。车窗外，一片淅沥的雨声，像在对大地轻唱那首"渭城朝雨浥轻尘……西出阳关无故人……"

无故人、无故人……路旁的檐滴嗒嗒，宛如儿子中中的泪水……不，我不能让我儿子变成日本人！千万不能呵！……老天！多少个辗转难眠的深夜里，他总爱爬起来把那几个塑胶男娃娃，上紧发条，看它们匍匐在桌上扭着屁股爬来爬去……爬得他心如刀割、彻夜失眠。

接着他又告诫自己：异乡作客混口饭吃，已经够落魄了，今后可要多加小心，病不得呀！今天幸亏老邱他拉肚子，看病钱全由部长付了。万一人在他乡重病倒下，挣那么点血汗钱怕还不够付医药费呢！

忽然间，从前玻璃左右扫摆的雨刷空隙里望出去：不正是刚才出门时遇见的那队越南船员吗？大雨中，人人肩上都扛着破旧的单车和家电用品——被冰凉的雨水无情地浇打着，几乎不能抬头、不能睁眼，哆嗦得像风雨中飘摇的枯叶。很多人都把上衣脱光了，拿来遮挡被雨淋湿的电器用品——有用吗？人人头发全湿。瘦骨伶仃的背脊上、肋条上，淌着一行行瀑布般滑泻的雨珠。

老邱不知何时也睁眼看见了车外的狼狈队伍："可怜啊，来回走那么久，淋成个落汤鸡样的。"盐巴听老邱跟部长叽咕了几句日文，部长却摇摇头，继续漠然地往前开。老邱回转头，从车后窗望着淋雨奔走的人群叹道，"我请部长停车打开行李箱，帮他们载点比较重的电视机，部长懒得理他们。"

盐巴看着这些衣着破烂，脏兮兮的越南人，眼里漾着一层悲悯的泪水"唉，这样一支瑟缩在豪雨中当苦力奔走却难以糊口的队伍啊……"

有一天，老邱虽然明知气象报告说有台风要来，却因为赶工而不得不冒着生命的危险，搭船到"生口岛"一家工厂去检查机器。天黑后，台风果然登陆了。狂风暴雨挟着雷霆万钧之势，横扫着滨海的住户。从走廊门缝里钻进来的强劲海风，像面目狰狞的厉鬼想找房间进来似的，一路咻咻……呜……呜……地呼啸着、怒吼着。雨点如倭寇的箭镞般直射而来，敲得窗户格登格登直响。窗外的松涛、水军海峡的怒潮全都声如虎吼；轰隆隆的雷声震耳欲聋。

盐巴心惊胆寒地忖度着：交通中断，老邱今晚铁回不来了。寮长还在神户，悠子也不知去向。这么说来，偌大一栋寮里，就只剩他盐巴一个人啰？越想越恐怖，正当他被风雨逼凌得惴惴不安时，猝然间又停电了！糟糕！屋里既没手电筒又没蜡烛，怎么办？使他格外渴念起东北的寒夜里，一家人围坐在暖烘烘的炭火盆儿边上，拿火钳拨弄烧红的炭火的情景。无边无际的黑暗中，却隐约听见门外有一丝细弱的呼救声——莫非矢野的冤魂又要来找他聊天？吓得他胸口噗通噗通跳、浑身汗毛直竖。再仔细一听，明明是个女人的声音。"我就不信邪！"他硬着头皮、壮起胆来摸黑走去开门。狂风"哗呜……"一声吹得他倒退了两步。走出去一看，竟然是悠子像条蛇样的爬在潮湿的走廊上挣扎着。她手里亮着一盏手电筒，恹恹地哀求道："救救我……快，好痛啊……"说着又丢给他一把钥匙，"开……开我的车……快送我上医院……哎唷……"

他拿过手电筒来一照：天哪！她的衣裙、腿上、手上，全都沾满了殷红的鲜血。大量的血水，从她下体往外直流……她痛苦扭曲得脸色苍白，几乎要陷入休克状态。盐巴先是慌得手足无措，继之又强自镇定后，便义不容辞地把她身躯横着托抱起来，滴着血，举步维艰地走下楼。

好不容易冲过风兵雨将的杀戮与鞭打，才钻进悠子车中，关紧门窗，经悠子孱弱的"指点"如何发动她车中机件，才在视线极端模糊的情况下，一路颠踬着、颤抖着对驾车已生疏的双手——开到与老邱同患肠炎去过的那家大医院。

医生诊断结果，说是"子宫外孕"——马上要动卵巢割除手术，并且要紧急输血。

老天，未婚小姐子宫外孕？盐巴踯躅在手术室外面，纳闷不已：我没有呀！我跟她只不过浅尝辄止地接接吻而已，并没有……难道说，她在跟我亲热的同时，又跟别的男人上床？一股对水性杨花的鄙视与嫌恶涌上心头。

"不要这样！"他斥责自己，"你盐巴若情况允许，不也有风流好色的本性？她也许有她的苦衷吧！现在，该通知谁呢？"两人都不敢通知寮长，只好编个谎，盐巴就硬着头皮替她签了手术同意书。

他苦候在椅子上，不敢轻举妄动——事关一个未婚小姐的名节呢！又累又饿又困地等到悠子手术完毕、麻醉清醒后，才问她："能通知谁来？"悠子泪流满面地把她外婆神户家的电话号码告诉他，要他打过去请外婆千万要瞒住她爸爸，单独到医院来照顾她。盐巴当场跟她学了打电话要讲的日文，半夜三更就赶紧拨通了神户的电话。回来后，他告诉悠子，她外婆回说尽快就会赶来。

次晨，医生来吩咐，开刀后要等放过屁才能开始吃东西，要盐巴守在床边，与时来时去的护士轮番照顾悠子——她剖过腹的伤口，痛得连大小便都无法下床，又一个劲儿地痛哭流涕不止。没办法，盐巴只好再度走出病房去打电话到船厂给部长（老邱不在）托他代为请假。岂料，刚一走回病房，就看见悠子已把床边茶几的杯子敲破，拿着碎玻璃片企图割腕自杀。盐巴霍地上前抢下玻璃片，怨责道："干吗这么傻？"悠子伤心欲绝地啜泣着："我……我没有脸再见人……"他掏出手帕替她擦拭眼泪，轻言细语地安慰她："人非圣贤，孰能无过？你放心，我一定替你保密。别人问起，就说是割盲肠嘛！"她别过脸不愿看他。

一夜的凄风苦雨都已成为过去。悲恸的悠子正像一朵凋零的残花，枯萎无力地躺在苍白的罩单里。因为越哭越伤心，抽搭抽搭地"牵扯"了开刀的伤口，痛得她紧紧揪住眉心，咬着发黑的嘴唇："啊！……好痛啊！……仲跋，你……你一定认为我很下贱……以后会很瞧不起我……"自卑自责的泪水流湿了大片大片的枕头巾。

"那怎么会呢？"盐巴握住她冰凉的小手，"乖，不要哭，再哭伤口刚缝的线会裂开哟！不要想太多，身体要紧，嗯？"悠子嘶哑着喉咙，痛楚无奈地倾诉着："他是个有妇之夫，我们已经相爱了五六年，却一直无法结合。我的矛盾与痛苦越陷越深，不能自拔……见到你之后，我多么希望能抓住你这个救生圈，跟你远走高飞到台湾去，好斩断这一场孽缘。没想到……"盐巴怜香惜玉地问她："你为他受这么大的苦，要不要通知他来看看你？"悠子泪如泉涌地摇着头，像在极力摆脱魔鬼冷酷绝情的黑爪。

近黄昏时，"砰！"一声巨响，病房的门被人粗鲁地踢开了。一位白发老太太哭哭啼啼地挡在前面，想制止揎拳捋袖的寮长动粗。怎奈寮长气得七窍生烟，不问青红皂白一拳就对准盐巴胸口打过去，嘴里大骂："八格野鹿（日音：混蛋）！"一拳接一拳，像以杵捣衣似的捶打不停。看这情形，寮长是在外面已经问了悠子动的是什么手术，才会如此怒目切齿地错怪盐巴。悠子尖声哭喊着："牙没ㄅㄟ！牙没ㄅㄟ！（日音：住手）!"
寮长还是疯了似的照打不停。依盐巴"丁是丁卯是卯"的倔
脾气、大块头与对关东军的敌视，他早就还手把这老头揍扁
掉！然而，他只伸手自卫，并未出力反击——为了悠子的名
节，他忍耐着莫大屈辱，不愿让惊天动地的冲突"引进"外
人来扩大或公开了悠子的丑闻。

老太太拉不住疯狂的寮长，悠子边喊："牙没ㄅㄟ！咖泪
那瓦奈（日音：住手！不是他）!"一边就从床上滚掉下来，
想拦住她失去理性的父亲。由于伤口像脸皮敷了蛋白给绷紧
了，凝固了似的纠结在刀疤的焦点上，使悠子痛入骨髓地晕了
过去。寮长这才停止了野兽般的攻击，颓然倚靠在墙边喘气，
沮丧地看着悠子被她年迈的外婆疼惜地搂在怀里，老泪纵横地
轻拍着、安抚着无助且虚弱的悠子……。

9

331 号船虽然还要一个月才能交船，但是外壳油漆已经全部完工，船身漆成上黑下红，看在老邱他们眼里，真像自己"无中生有"的亲生儿子一样，愈看愈漂亮。为了早点把占用的"船台"让给别的船，大鹏航运董事长已选定今天这个黄道吉日，亲自与夫人从台湾赶来主持下水典礼，正式把 331 号船命名为"大鹏轮"。业务课吴经理也是当然的跟班。其余的水电、船舱室内装潢等舾装工程，都可以让船"泊靠"在码头上，继续做好再出海试航。

气温虽然已经降到摄氏十度左右，今天却是个风和日丽的大晴天。水军海峡的礁岩密布，新船下水要赶在最高海潮的时刻——船厂根据当地的潮汐表，已算出是下午的两点半。许多工人在忙着布置"观礼台"。盐巴也被分派到船上，挂上旗，还要装饰些五彩缤纷的彩带、气球与花布。

吴经理挂心典礼现场是否已布置妥当，特地提前一个多小时赶来巡视。确定没有什么疏漏之后，乐得吴经理索性坐在验船师办公厅，与老邱、老马叙旧闲聊。听说东北老乡吴经理来了，盐巴做完分内事，也兴冲冲地聚了来。吴经理见他脸上青一块紫一块，额头还贴了纱布，奇怪地问：

"你……怎么啦？"

"下楼梯不小心……嘿嘿，摔了一跤！"盐巴吞吞吐吐地撒着谎，老邱一旁想笑又不敢笑。

"真可怜。来，发点慰劳品——听老邱电话里说，你们晚上很寂寞，我特地帮你们带来几本杂志、两盒牛肉干、一罐茶叶。"吴经理像在点货，从袋里把东西一一取出。

"VSOP，送给你的。"又拿了一瓶洋酒递给老马。

"这怎么好意思呢？"大家异口同声地客套着。盐巴喜滋滋地捧着中文杂志翻阅："这个好！搭飞机行李不能超重，我光带一本'光光'杂志，每晚只敢看它几页打发时间，生怕看完了，没东西再看。"

"听说印尼有个黑脸的什么长要来？"老马问道。

"是啊！这次很给我们老板面子喔！"吴经理得意之情溢于言表，"他在印尼专管木材出口的审核。这次来，怕被日本商社盯上，狡兔三窟，特别订了三个大饭店的房间。"

"印尼的木材，现在这么吃香啊？"

"你才知道啊？从一九八五年之后，印尼就要禁止原木出口，以保护他们本国的自然景观和利益。台湾缺少原木来源，以前独步亚洲的合板业已经变成夕阳工业，慢慢被印尼取代了！"

"那你们公司还拼命造木材船？运棺材啊？"

吴经理笑笑："造的船在印尼各岛间跑来跑去，载运伐木工人、木材或外销成品啊！我们老板早就在印尼买下好几座原木山林。今天早上又跟这家船厂签约订造六艘！"

"这就怪啦！"老马忿忿不平地问，"船东有钱在日本接二连三订造新船，为什么偏又拒领光船造好的新船？还硬要赖账说没有钱领?"老邱也频频点头:"最近从台湾寄来的报纸,都在谈这件事。六家船公司订造的九艘'国轮',都说现在散装货的运费太低,拒绝付款领船,要政府出面协调让步——可能吗?光船如果告船东违约打官司的话,不但费时费事,还要为这些船花保养费和一年七亿多的利息钱。"

吴经理既是船东的亲信,又是股东之一,顿时变成"众矢之的"罪魁祸首。老马以相交多年、哥儿们的亲密口吻指他鼻子笑骂:"你们这些不负责任、老奸巨猾的家伙,一点都不替多难的国家想想?提的那些狗屁条件,根本就在要无赖嘛!要政府让你们先领船,把百分之十五该给光船的自备款,无息延后三年再慢慢付;百分之八十的银行贷款也要求交船三年之内不还本、不付利息。妈的,天底下的便宜,全让你们这些有钱人捡啦!"

老邱睁大双眼惊叹着:"政府要是打落牙齿和血吞,为了拉拔光船而跟船东妥协的话——那岂不是说,只要花一百五十五万美金,就能买到一艘三千一百万美金的新船,让船东先拿去白白'玩'它三年再说?"

"报上说,政府如果跟你们船东妥协的话,少说要损失十六亿以上。换句话说,就是把劳苦大众纳税的十六亿血汗钱,挪来供你们船东白玩三年新船。三年之后,运费是否能提高?船东肯不肯乖乖付钱?都很难说。有一就有二,到时候你们可以再出新点子耍赖呀!"

"够了没?围剿够了没?总该让我解释几句吧?"一向为人很随和的吴经理辩驳道,"当初是为响应政府'国轮''国造'政策,才订了船。但是国际造价从第二年就直线下跌。运费也从每吨四十美元跌到十五美元,大家都削价竞揽承运。

如果把船接回来，就算有本事全年马不停蹄地满载承运，一年都要净赔四百五十万美元！这样一边赔钱、一边又得摊还分期付款——会把船东拖垮的呀！"

"你们只顾私利，就不怕把光船拖垮？"老马直率地指出，"这就跟买股票一样。你昨天花高价买了股票，今天下跌了，你总不能说我昨天买贵了，要求退还吧？"

吴经理纵有满腹苦水，抬起杠来也够他累的。老邱见场面有点僵滞，连忙拆开现成肉干分给大家当润滑剂嚼嚼；又替众人各泡了一杯吴经理刚带来的"冻顶乌龙茶"，室内顿时香气四溢。

老马有吃有喝却依然穷追不舍："像今天要下水的这艘六千多吨小船，台湾也有好几家船厂都会造。积少成多，船东就不能共体时艰，给自己同胞多留点就业机会？像被光船裁员的盐巴，就是个例子。这下好了，日本、韩国抢走那么多台湾的造船订单，害一大堆工程师轮番出国、经年累月坐牢样地关在孤岛上，何必呢？"

吴经理倒很干脆："一句话，日本造价便宜呀！日本银行肯冒险大手笔贷款给船东，签约就讲好，船要在日本造！日本能，台湾为什么不能？像光船这些官办企业，真该好好自我检讨！"

老邱一旁心有戚戚焉地叹道："幸好我们寮里有人烧饭。其他岛上的工程师不但又忙又累还要自己烧三顿饭、洗衣打扫、看电视得丢钱。半年下来，好多人一瘦就十几公斤，回台湾多半都病倒啦！真是现代的苏武牧羊。"

"家家有本难念的经啊！"吴经理长吁短叹道，"没错，台湾政策要大家多运自己人的货，规定船公司谁自家的船吨数多的，就多给货运……"老马插嘴道："难怪大鹏轮不挂有便宜可图的巴拿马旗而选挂自己的旗！原来有利可图。"吴经理苦笑地接下去："但是台湾的大宗物资，像黄豆、玉米等等，人家委运业者未必肯听上头的——委托自家的船运货既没甜头又经常延期，许多令人不满的障碍，都很令民间企业头痛。你们也许不知道，这家仓田造船的老板，关系企业很多，不但能帮我们筹贷款、揽货运，而且……"他呷了口茶、润润嗓子，"我们董事长在台湾销售的机车也是跟仓田老板技术合作的。你知道日本人控制市场，有多厉害吗？他在台湾找定两家以上的公司合作，彼此牵制打击，哪一家听话，就把设计精良的新机种给他，让他大发利市。不听支配的，就不提供好机种，让他饱受打击。所以呀……到他这儿来造船，多少也有几分巴结讨好的利害关系在里头。要生存，人在江湖，不得已呀！"

"现在的日本海盗，在对外的经济战上，用的都是威迫利诱的手段！这根本就是军事侵略的延长嘛！"盐巴愤慨不已，"连台机、唐荣两家钢铁厂都被日货低价倾销打击得难以招架。难怪王永庆说：我们企业想靠戒备森严的日本人来技术转移，一定死！"

吴经理把牛肉干撕成一小丝一小丝的："听说韩国大宇综合商社董事长金德中访台时就说过，韩国有信心在经济上超越台湾，因为贵地的企业太多——自己不争气就该多多自我检讨。当然，包括拒领新船的船东在内。"吴经理哈哈地自我解嘲一番，便结束了争喋不休的舌战。

离典礼时间还有半个小时。营业部长和几位品管课、总务课的日本人，在观礼台上预习着播放音乐，好与升上去的旗子，互相配合得天衣无缝：音乐奏出最后一个音符时，旗子正好升到旗杆顶上。一切准备就绪了，部长才从容不迫地回到办公厅，与吴经理等人寒暄一阵，又开始编写晚宴桌上要竖立的名牌。台湾来的宾客，一律由吴经理提供头衔与名单的资料，让盐巴帮部长一一写在硬纸板上。另外，部长还替参加晚宴的，一人包装了一大袋礼物：有珍珠领带夹、衣料、糕饼和日本清酒等等。

六七部各色豪华轿车，嘎……嘎……地依序停靠在观礼台旁的马路边。下来了大群男男女女的达官显要、贵妇淑女，把一向宁静得近乎枯槁的水军船厂，点缀得喜气洋洋。从高高在上的"观礼台"往下看，站在"大鹏轮"周围，像蚂蚁般渺小的工人们，满身污垢地仰着脸，以一种妒羡和看热闹的眼光，瞧着这些穿着考究的上层人士——仿佛是刚从其他星球降落的外星人，要开始上台演戏了。

印尼的木材主管又黑又壮，董事长夫人富态端庄、总经理太太年轻貌美。船厂总部还刻意安排了一位英俊潇洒的日本年轻男课员，负责接待女宾。

在蓝天白云的艳阳光下，"大鹏轮"正安稳地坐在埋有铁轨的伡道枕木架上，静候下水。观礼的绅士淑女们，都沿着木梯登上了台子。盐巴在台下的左边，看了一遍部长用毛笔写的"进水式次第"的大木牌：

①进水准备完了报告。

②中日旗子揭扬。

③命名书朗读。

④进水作业命令。

⑤夫纲切断。

⑥进水及完了报告。

盐巴站在别人的土地上，听着扩音器播放的音乐，看着飘扬的旗帜与把他童年遮得暗无天日的日本太阳旗，同时冉冉上升……多少国仇家恨的创痛，多少奸淫掳掠的恐怖记忆，全都潮水般涌上心头，使他热泪盈眶、浑身痉挛、额角浮起了青筋。关东军的"满洲国"国旗是把左上角的"青天白日"改成红蓝白黑四色横条，把"满地红"改成"满地黄"……九一八事变、八年抗战、亡父之灵、桂花、中中、北大荒滚滚的风沙、塞外"噢唔——噢唔——"的马啸声、东北的白山黑水……全都在他偾张的血脉里奔窜、抗议，找不到足堪告慰的出口。

　　董事长夫人手持一把小斧头，把桌上缠绕的小红绳一砍，下面的香槟酒瓶"ㄅㄤ"一声撞在船壳另外焊上的尖锥处，旋即瓶碎酒溅，"大鹏轮"立刻像个刚出娘胎的新生儿，顺着轨道往下滑进海里。茫茫大海中，无论埋藏了多少的酸甜苦辣，今后都得靠它自己去应付了。

　　曲终人散之后，盐巴满怀惆怅地爬着坡路，打算独自躲到山巅水涯，设法使回肠百转的情绪得以舒解。半路上，看见一堆一堆的越南人，把各种庞大的旧电视、破冰箱，挤压在一个装砂石水泥用的小型单轮手推车上，往他们即将开航的船上搬运。以前船在修理，从市区日晒雨淋扛回来的旧货，只好全部先堆放在山谷的空地上。如今要搬下山，由于山路的斜度太大太陡，车轮比人的脚跑得快，他们便得加倍吃力地小心呵护着（没钱请日本吊车帮忙），一边拉紧推车、一边扶住货物——才不至于来个人仰车翻，一块儿滚落大海。

　　盐巴看了心酸，不禁低哼起"国家"那首歌："没有国哪里会有家，是万世不变的话。当你踏上别人的土地，才知道更需要它……"

　　深秋的日本瀧山公园，已经触目皆是由绿转黄、转红的树叶，依旧攀附在母体的枝干上，随风飘舞。此情此景，怎不令人怆然涕下？盐巴选了滨海的一株老松树下，倚石而坐。森林里"倦鸟归林"的画面，在黄昏时最为壮观。吱吱喳喳的小麻雀，像蝗虫那么多，遮黑掉大片天空——少说也有上万只吧，像五线谱上的小音符，也像完全没有重量的小逗点，全挤到最靠海、最安全的角落里，栖息在一两棵树枝上。喧哗吵闹的程度，不亚于打麻将的洗牌声。再仔细听，又仿佛往"今井超级市场"路上那家打 Pachnko 店的几百台机器同时在吵的响声。

　　弱肉强食，在这片原始森林海岸区里，日夜循环着自然界的"食物链"现象。如此"多产"的小麻雀，有时也是头顶上掠空而过的老鹰的食物吧？天涯海角，任何地方倭寇的鹰爪，不只在"水军海峡"上空翱翔、出发，或许早就飞到"台湾海峡"去伺机登陆了吧？

10

　　搞不清楚，到底是日本民俗庆典中，什么名堂的大节日？盐巴只知道，全厂连放两天假，休息得很过瘾。

　　悠子住院时，盐巴曾经把他寻妻觅子的实情告诉过她。她出院以后，也许是羞于再碰面，也许是寮长硬要她与那有妇之夫一刀两断（她自己又何尝不想?）——听说她已辞掉这边的工作，远避到东京去了。一场短暂的、似真若幻的樱花恋，就这样凋谢在盐巴纷乱矛盾的记忆中。偶尔回想起来，真令人唏嘘世事的无常与幻灭的冷酷。恒常呢？恒常在哪？

　　寮长虽然因为错打了他一顿而道过歉，有时在餐厅遇见，依然对他不理不睬的，像个泥塑木雕的活死人——鳏夫的岁月寂寞、悠子又是他全部的希望所寄吗？盐巴心想：管他呢！别跟他计较，过客就要有个过客的平常心吧！瞧他孤苦伶仃馊老头一个，等他跟老邱都离开了，岂不只剩他孑然一身，空守这栋没落荒芜的寮房？想想也怪可怜的。

　　刚才，寮房的窗外还听见锣鼓喧天、炮声不绝的游行队伍，浩浩荡荡地经过。昨晚他和老邱路过海边，那儿已经竖了好几根高耸的长竹竿，尾梢在夜空中弯成柔和的弧线。竹竿上飘扬的幡旗和摇曳的灯火，听说跟台湾的"竖灯篙"差不多，代表人们对灵界鬼神的呼唤，并且祈求神秘的庇荫。如火如荼的祭典中，有些汉子们得吆喝哼唱地跋涉一整天，抬轿敲锣放鞭炮，真会把人给累垮。

看到那些阴森玄奥的灯篙，盐巴才想起东北的森林人家，都在屋前用半湿的树皮升一堆火，来驱逐蚊蚋。许多伐木窝棚里的灯火，都是燃烧着带满松脂的细木条，一支支小火炬似的，插在石块上。

正在百无聊赖时，老邱来敲门找他下去溜达。两人并肩走到办公厅附近，看见营业部长和另外两个日本人，站在路边笑眯眯地瞧着一小队游行倦归的人马。他们两人也凑热闹走近部长他们身边闲聊。这批额上绑条白毛巾的日本人，抬着神轿边走边唱。疲软的脚步已经踉踉跄跄走不大稳地打着叉，像喝醉酒似的。部长指着其中一位肚子圆突突、腰带已快松掉的中年人，用日文跟老邱咕噜了几句。老邱拉拉盐巴：

"哪，那就是水军造船厂的旧老板，住咱们对面那个山头的。穷途末路啦，潦倒得实在可怜……"

盐巴惊愕地定睛一看：这不就是那个拐走桂花的冈林幸保吗？散乱的扫帚眉底下，一双水淫淫的桃花眼；鼻梁虽然直而高耸，却肉薄骨立，还有二三四凸之处；长长的马脸，近下巴的地阁上有粒明显的黑痣。盐巴心跳加速，咬牙切齿地握紧了拳头，像头轰然冲出铁笼的猛狮一般，倏地扑到冈林幸保身上，如铜膀铁臂的鹰爪左右开弓就打："你妈拉个屄的东洋老混蛋你！你王八蛋找得我好苦哇！看老子今天不好好收拾你……"盐巴瞪大眼，一边揪打一边咒骂着。抬轿的日本人慌忙把神轿护驾到安全地带。

部长和老邱上前死命拦住疯狂的盐巴，却也挨了不少拳头。"八格野鹿！把桂花还给我！把中中还给我！"盐巴死命掐住他脖子不放。冈林幸保大概心里有了数，猥琐地没敢还手，只咳呛着，奋力抵住盐巴猛在使劲儿的双手，一边挣扎，一边呼救。两人已扭打得扑滚在地上，众人纷纷趋前将盐巴磁铁般掐紧的十指，强硬地掰开来。

知道内情的老邱，眼眶已经潮湿了。盐巴呜呜地掩面而泣，转身就往那幢神秘的山顶别墅上跑。来日本这么久，早就知道船厂边这条窄小的山径是通往旧老板家的路，却从未兴起过要走去看看的念头。如今……踏破铁鞋无觅处，竟然得来全不费工夫？

高处不胜寒的北风，如利刃般吹刮着他的脸皮。气喘吁吁地跑到别墅门口一看：奇怪，门牌上悬挂的主人姓名，怎么会是"村上三平"呢？哦，原来……"冈林幸保"只是他骗桂花用的假名？或者，根本就是桂花自己捏造的？

"嘭嘭嘭！嘭嘭嘭！"出来一位佝偻的日本老妇人，开门问道："那你尬，锅有累死ㄍㄚ（日音：你要干吗）？"

盐巴紧张得心脏都快从嘴里跳出来。来不及解释，一头就闯进玄关，登上略高的日式地板。"嗨，嗨？……"老妇人在后面诧异地追喊着。老邱和部长也尾随而至，跟老妇人大略地解说了一番。

客厅中央的摇椅上，端坐着一位痴呆的、半身不遂的日本中年妇人。盐巴的视线突然触及到墙角的一方木质的骨灰盒——盒面中间所嵌的一张遗照……是……是桂花的？猝不及防的噩耗，使他呆若木鸡地僵立着。像被人兜头打了一记闷棍，脑门发糊、怔忡麻木地瞪着她笑吟吟的遗照，怀疑这到底是真是幻。

半晌，盐巴才头皮发麻、两腿一软就跪到骨灰盒前面，悲恸欲绝地低唤着："桂花……桂花……这，这到底是怎么回事？到底是怎么回事啊？哦，天老爷……救救我……"

经过女佣老妇的叙述，老邱才走到盐巴身旁，黯然盘坐在榻榻米上，幽幽地将事情的真相转告给他："女用人说，那位半身不遂的女人，是旧老板的太太。桂花跟他回到日本，才发现受了骗——原来他早有了家室。冈林幸保，不，村上三平要她安心当细姨，顺便照顾他原配夫人的病。没想到……桂花却在四个多月前，出车祸身故啦……"

"桂花，我来晚了一步……"盐巴哭瘫在她骨灰前。

女佣善解人意地从屋里把中中抱出来递给盐巴，孩子认生，不肯过去，反用日语嚷着："衣呀（日音：不要）！"女佣哄着孩子说："喔舵嗓，累死哟（日音：他是你爸爸呀）！"

盐巴悲喜交集地愣住了。中中手上正拿着五彩的小积木在玩，算算大概有一岁多了吧！"乖，过来，爸爸抱……"孩子见他泪流满面，仿佛怕惹他更加伤心似的，怯怯地投入盐巴伸开的、期待的大手臂里。盐巴疼惜地摸着孩子光洁的黑发，在他白胖的小脸上吻了又吻——简直有点不大敢相信，扭屁股的塑胶娃娃，转眼之间已变出这个有血有肉的真人？

老邱一旁偷偷拿手背揩拭着汩汩而出的热泪。椅子里那位半身不遂的村上太太，竟在嘴角上浮出一丝暧昧的、带点邪恶、胜利的笑意。一场愁梦酒醒时，斜阳却照深深院。盐巴神情落寞地对老邱说："你们先回去，让我安静地想一想……"说罢，便一手抱孩子，一手夹住桂花的骨灰盒，走到别墅外的峭壁顶上。多么荒谬啊！他就住在隐约可见的对面的寮里。多少个日出日落，都曾经站在阳台上，遥望这栋神秘的房子，怎么也没料到……

太阳已经下山了，天边的乌云干干瘪瘪。盐巴弯腰把骨灰盒放在一个长有野草的巨石上。刚一抬头，就看见两三只黑黑的大蝙蝠"倒挂"在树枝上，两大片破伞似的黑斗篷交互包着身子，只用尖锐的后肢紧紧钩住树枝。这种渔人蝙蝠"哗——"一阵展翼，探出它们老鼠样的头部，飞行到水面抓鱼去了。中中被吓得哇哇大哭起来。

好不容易把中中安抚好，放他坐在身边玩小石头，盐巴才椎心泣血地打开盒子，面对一堆无情的白骨与灰烬，愧疚地喃喃自语："桂花，都是我害了你。如果你不爱我，你就根本不会担心我从鹰架上摔下来。但是……唉！为了生活、为了疗养心灵的创痛，我大概暂时不会回台湾，想跟船出去跑两年，赚点中中的教育费再说。中中，我会送他回台湾交给我妈照顾。你……你的骨灰若运回颜家，婆婆恐怕未必有雅量能收容你……桂花……我们的爱，永远奔流在中中的血液里。原谅我，把你的骨灰撒在这儿。我为你祷告，上天会宽恕你，接你的灵魂去享福，你这个人会永远……永远埋葬在我心底……安息吧！桂花，亲爱的……"

潮起潮落，宛如大亨与穷光蛋之间变幻无常，起伏不定的命运，永远在生生不息地运转着。对造物主而言，贫富又算什么？人呢？人要受多少苦才会有一样的平常心？才会慢慢懂得《圣经》的话："先求天主的国来临，其余的，天主会给。"

从"水军海峡"上空飘落而下的根根白骨，仿佛已令众神掩面、天使垂泪般，使阴翳的云层翻滚着——像个无家可归、客死异乡的游魂。唉，尘世的"充军之旅"啊……

将桂花海葬后，盐巴紧紧搂住属于中国的儿子，感受到一股从死亡幻灭中蜕变而出的再生意志，如铁链般系牢了他们父子的心。他瞭望着"水军海峡"灰蒙蒙的海雾：

北风惨厉，狂暴的激流啊，你曾经"吸饮"了多少中国人的血？四周罗列的"小岛"，看来像个不肯合上的"眼皮"，上面还长了枯黄的睫毛。此刻的"水军海峡"，恰似一只死不瞑目的"眼珠子"——是桂花的、是先父的、是矢野的，更是千千万万中国冤魂的。

马验船师却在盐巴身后幽幽而叹："这海峡，多像天父慈悲、怜悯的眼目，垂视众生的悲喜，人却经常不肯相信或者故意视而不见……"

公元一九八六年三月"联经"出版

公元一九八六年五月第二次印行

公元二〇一二年四月修订

《长崎·山口的爱与死》
电影剧本大纲

《长崎·山口的爱与死》 电影剧本大纲

许台英 著

序幕篇

鹣鲽情深、恩爱相伴已经 36 年的一对欢喜冤家——当验船师的奥斯定·H 和女作家雅琴达·S，连做梦都没有想到，两人还正在找旅行社准备订机票去新加坡见一位要人，打算等他点头加入"筹备董事"之一、与其他"筹备董事"们一起签名之后，即将成立一个《史泰茵修女学术基金会》，鼓励出版并且发奖学金给清寒优秀学子、帮助他（她）们出国念硕、博士时，如及时雨般得到资助与关怀——他（她）俩从小就从战乱、逃亡和贫困中奋斗长大，一直渴望"落实"信仰的教诲、结出更多圣灵的果实。夫妻俩都祈祷、盼望了许多年，让原是工程师和副教授的奥斯定·H 早一点离开目前这一家几乎是半黑道的老板所开的航运公司。

奥斯定·H 原来在一家朝九晚五、生活算很规律的"××验船中心"当验船师，薪水又高又受人尊敬。修船、造船都要他出马检验合格、签名、发证书后，才能开船——很权威的一份安定工作、也都做了 23 年，却因为患有小儿麻痹症的儿子纯伟，师范学校一毕业就考到一所极为偏远的深山小学教书，交通上很困难，妻子雅琴达·S 不忍心见孩子孤零零在深山里受苦，鼓励儿子去英国念个硕士，应该硕士一毕业，就很容易调职到台北平地来教书。去就去罢，万万没料到，给了纯伟上半年一百万台币，他也跟学校办了"留职停薪"，去英国才念了半学期——奥斯定·H 却因人在验船中心 K 港办事处当副主任，又被上头搞派系的一堆人无辜冷冻、修理；家人呢，教育局说，纯伟在英国下半年若没念完，回来就是流浪老师，没工作啦！（僧多粥少，想再考回学校任教，可就比登天还难啦！）

所以才擦枪走火，很遗憾地造成奥斯定·H 才五十出头就不得已办了资遣、拿那么一点点钱，给儿子纯伟念完下半年、又给了还在德国念博士的女儿一百万，唉……（公司某些主管刻意斗争、排挤外省人，不给他位子，已找律师去"劳工局"要求召开"劳资协调会"，申诉是被迫先办资遣；没犯错，要求平反复职……）但是，都不了了之。

就在难以挽回的逆境、现实的挫败与黑暗的摸索中，他完全没跟妻子雅琴达·S 商量（知道她会反对学轮机、人又老老实实爱助人爱教书的丈夫，不适合沦落掉进纸醉金迷、尔虞我诈的商场），虔信天主的奥斯定·H 为养家活口及单身的女儿博士还没念毕业，就瞒着家里、误进贼船，跟想要大量造船的范大空合伙，奥斯定·H 跨界出任替"大空航运公司"管理船舶（实际上是帮老板监造新船，再把船队租出去，揽货载货，利润极高）的"奥奥船舶管理公司"总经理职务（在澳门及新加坡都开设赌场的奸商范大空，跟他航运界的老哥范大伦刚刚拆伙，造船向来买空卖空，跟海内外银行或地下钱庄不择手段，拼命办贷款……）——在大学兼课教书、也是一位知名女作家的雅琴达·S知情以后，暗自捏把冷汗，很担心丈夫哪一天若被范大空利用去"当人头"抵押借款造新船，怎么办？数字可都上亿啊……孩子们都大了，何必呢？了不起，叫女儿博士念一半，保留学籍，先别写论文就休学算啦！？

奥斯定·H从年轻开始当验船师起，就认识开航运公司的范大伦、范大空兄弟俩。由于妻子与他虔敬的的信仰，生活里若犯罪、犯十诫，是要跟代表天主的神父去办告解的——所以，他（她）们家是出了名的、没有后门的！这也造成想省钱、想攀交情的航商们，对死脑筋、书呆子、多半不肯陪奥斯定·H出来吃喝嫖赌应酬应酬各路富商、增添人脉的憾恨，没完没了地持续着、僵在那儿挡路！

偏偏，如范大空这人长得并不帅，人看来黑黑土土的，却很羡慕奥斯定·H的帅气英挺和斯文、沉默寡言……，中年男性独特的、一脸沧桑、满头发亮白发的魅力——范大空只是作业务的，奥斯定·H在轮机、造船及待人处世上的谦和、幽默与处处受人欢迎，他都没有，上天对他范大空可真不公平！他唯一得意的是有钱有势，为什么雅琴达·S这个书呆子女作家就一点都不把我这大有钱人的钱财看在眼里？唉，简直就又爱又恨，恨得他牙痒痒的！

唉，公司里一大票女粉丝都接近不了他奥斯定·H。（有人说，耶稣在他身上——放他妈的狗臭屁！）

范大空每次到庙里拜拜，都一再烧香祈愿，谁要能颠覆掉他（她）们这一个铜墙铁壁样的基督徒家庭，留住他好好帮我扩大船队跟财富，（还在离岛盖大饭店、等着主政者及"立法院"或公投、让博弈合法、让他赚翻天、再娶两打美女为妻——呵呵，跟女人养一大窝小孩儿，总忘了谁是谁生的，也要不少钱啊！老天，每天每天我还缺一大笔钱哪！）哪个女的能引诱他上，谁才真叫有本领，我范大爷必有重赏！

土地公救救我，千万别让奥斯定·H离开我"大空航运公司"——他太能干、太有利用价值，又不污我半毛钱，只要能拴住他，我会不择手段！嗳，我范大空真是对奥斯定·H羡慕到嫉妒啊！（怎么还又有一个既贤淑又美丽、还又会教小孩念书的太太，深爱着他？夫妻俩不离不弃，老出双入对儿，我养的一堆子贱女人每次一看见，都说想巴我一耳光——这是什么跟什么呀？）

范大空自己结婚离婚好几次，每个场合都爱再三挂嘴边炫耀，某年某月又娶了一个第六房的、年轻漂亮的老婆，外头还有一打两打三妻四妾的艳遇不断……可恶的是，生意越做越大，许多商场的外国客户想跟验船师讨教讨教，喝个酩酊大醉，放松放松呗，奥斯定·H次次推说，要陪老婆去哪里哪里的教堂朝圣！我他妈的，圣它个屁！巴不得找个肯当枪手的贴身保镖，早一点宰了她雅琴达·S！

奥斯定·H来帮他如虎添翼这六七年来，范大空已经从只造一艘船发展到能造出近一百艘船的大航商，运货的订单已经排队排到六年以后，全公司上上下下正在准备股票上市，忙翻天，经常连中餐晚餐都没空吃得上嘴，怎么能让奥斯定·H这时候递辞呈离开公司？公司没有他的技术支援和订船签合约时他老神在在的砍价本领，还要靠他经常帮忙出庭作伪证——这公司会垮一半啊！

范大空说什么也无法理解奥斯定·H跟他的另一半，每天喊什么颜回的安贫乐道、生活如苦行僧的无趣！闷死人啊！恨不能尽早拆散这一对信教的模范夫妻，吐一口长久憋在心底的怨气啊！

情书篇

由于信仰上的规诫，奥斯定·H每个月算很高的薪水都直接地全数汇入雅琴达·S的户头。（每个月大约台币二十多万，加三节及年终分红好几个月，雅琴达·S及孩子们都生活简朴，对于上天恩佑，已经很知足、很心存感激了！）

这也造成奥斯定·H做检验时，能够处处抬头挺胸，他只要开口说个YES，船东就能欢天喜地"省掉"五百万或一两千万的开销；他若皱起眉头说声NO，船东可就惨兮兮、苦着脸、摸摸口袋，少说也得多花它几千万重添船上设备（为顾及船在大海的航行安全，如数量及钱数庞大的救生筏还合不合用等等），也是经常得罪人，积久了，怕被人寻仇、来杀他全家的！

雅琴达·S曾经陪着丈夫去医院切过大肠息肉（挺吓人

的，长了很多很多）——都打了麻药，还痛得他像小孩儿一样唉唉鬼叫。医生一直劝他："奥斯定·H，想开一点，别给自己太大工作压力；千万要戒酒、听到没？别弄出肠癌，懊悔可就来不及啰！您做太太的，也要盯着点儿！"

雅琴达·S看老公有时把船图带回来灯下加班，好心疼他，但每次拿医生的话劝他早一点离开"大空航运公司"，奥斯定·H却总是眼眶微湿，温柔地摸摸爱妻一头乌黑的长发安抚她："老伴儿，您放心写您的小说，多祷告，希望上天帮助我，再做两年就一定会辞掉我老本行，退休陪您跟女儿去做社会慈善工作！相信我……"

从很年轻就写剧本、"读人"的雅琴达·S气呼呼地说："呵，你监造新船、督导修旧船的专业技术跟学养，全台湾没几个人——他们会放你走，才怪?!"

回想起来，说好要准备成立基金会的，那知"人算不如天算"，不知道怎么回事儿，讲好了一个从家里、一个从公司去机场会合的，却在登机之前毫无预警地，一向顾家、爱家、疼爱女儿的奥斯定·H却忽然间从人间蒸发、失踪，连续着一个月接一个月……说什么也见不他的人影儿——手机不通、公司没去……遭绑架吗？（雅琴达·S有一种莫名的直觉、感应与极深极深的恐惧）……完完全全的天寒地冻啊！

当时，孩子们也都不在她身边（一儿一女，长女纯如在德国念博士学位，小儿子纯伟在英国念硕士），家里每天留她孤独一人在家干巴巴痴等，焦虑的雅琴达·S，日夜无助、哭红双眼地傻看着月历，一天天越来越惊恐地翻过去、翻过去……居然完全没有他半点儿踪影，怎么可能？

下了课走在路上，只要背影稍稍像他的，她都会拔腿就想尽办法飞奔到人家前面——看完一眼，期望落空后的虚软无力，常令她差一点瘫坐在地上或者恨不得往墙上一头撞死！

三四个月后，奥斯定·H的老板给了她一封老公亲笔写的辞职信，弄得她哑口无言，差一点崩溃住院！

哭归哭、痛归痛，人还在两所大学教书的雅琴达·S，课余除了四处报警协寻作笔录、上山下海哭着跪着求人求天、穿破几双鞋寻寻觅觅之外，日夜吃不下、睡不着——早就快哭瞎眼，雾蒙蒙看不清电脑上的字，不能再写作的她，也经常被电视播报的"无名尸"寻人指认吓出一身冷汗，夜里噩梦连连尖声惊叫起来，哭喊不已……朝朝暮暮像约伯一样追问着苍天："主啊，救救我！告诉我，黑夜何时才能过去呢？"

幸亏，几个月后，每个月的一号，雅琴达·S都能收到奥斯定·H一封亲笔信（没有回信地址），表述他对妻子和家人的思念与愧疚，再三保证他很快会回家的承诺，而且，也尽他所能地每月按时寄一笔家用钱到她户头；也又殷殷跟妻子写信说，钱要寄一半到德国给大女儿，支持她少兼一点工作，赶紧完成博士论文毕业要紧；他很遗憾，今生今世，上帝赐他有个这样贴心美丽又杰出的乖女儿——却因种种无奈，不能一起享受天伦之乐……他忍受孤独、只身在外，万分想念爱妻雅琴达·S及一双儿女，要她相信，他永远爱他们，没有第三者的问题！而且，六十出头的他身体越来越差，很容易疲倦，最近要去医院彻底检查。劝妻子雅琴达·S："亲爱的老伴儿，您学校要教书、现在的大学生很挑剔老师，不好带，别太挂心我，我会好好照顾自己的！很对不起您，您自己要多保重！您放心，等结束手边'台中港'这一阶段的工作后，很快就会回家……"

雅琴达·S在"Q大/通识中心"任教的魏主任（男性），及他们的老朋友——引荐李安导演从纽约回台湾"中影公司"拍片的名制作人W大哥，也都异口同声地跟雅琴达·S替她老公保证（雅琴达·S从二十几岁就是电影公司签了约的基本编剧，跟W大哥认识很久了）：

"雅琴达·S，我们都是男人，也都旁观者清，您老公是个学工程的老实人（他也正好是李安父亲当校长的'台南一中'毕业的高材生，年纪也差不多，是在台湾那最苦最穷的年岁里，敬爱父母、慢慢奋斗熬过来长大的！）——相信我的眼光，他是个'有情有义'的新好男人，他是真心爱您、爱您们这个家的好丈夫、好爸爸；你要相信他，暂时外面工作上有点困难——再多等等、多祷告，他终有一天一定会回来！"

是的，很多人经常团团围着脆弱不堪的雅琴达·S，数十双友谊的手一起摸在痛哭流涕、几乎昏倒的雅琴·S的头上，为她践行团体祈祷、求主怜悯他们这一对鹣鲽情深的恩爱老夫妻——所面临的、许多年的"爱别离"之苦与谜样的奥秘。

生死篇

　　雅琴达·S朝夕以泪洗面一年多之后，经人通风报信，她找到一位熟识的丁医生，又由他另外介绍了一位也在GPP医院当医生的好友，在医院诊间让雅琴达·S亲眼看见丈夫奥斯定·H一年前刚失踪时，其实已经在这一家GPP大医院动了癌末的大手术：一发现就已经是大肠癌扩散到肝癌末期，而且，还有许多恶性肿瘤长在他肝动脉上，手术时没有哪个医生敢切——怕在手术台上人就走了——荒谬离谱而又令雅琴达·S心碎的是：天哪，这么大的"手术同意书"居然是奥斯定·H的妹妹、妹夫签的！雅琴达·S一面当场哭喊：为什么要瞒着我？为什么……一面，心里也有数，真正的幕后黑手当然是他奸诈阴狠的范大空——只有他这一种爱财如命的半黑道，才会忍心借刀杀人，利用也在他旗下"奥奥船舶管理公司"上班的、奥斯定·H的妹夫充当共犯结构，了却他范大空长久以来一直想全盘掌控住奥斯定·H的生命、行踪、才干、有资格签字造船、修船的大本领，永远为他"大空航运公司"效命至死！

　　两位医生看雅琴达·S睁大眼睛呆坐在显示她失踪丈夫病历的电脑前，僵着身子不说半句话——都有点手足无措，只能好心劝她："您先生爱您、怕您伤心难过，他一时还不敢让您知道啊……"

　　……

　　后来、后来、后来……奥斯定·H从公司同事口中得知，一辈子深爱着的妻子、儿女都已经知道他罹癌且扩散到末期的消息后，他忍住至恸无言的悲伤，第一次坦白写信给即将与他共同面对"生离死别"之苦的妻子雅琴达·S："亲爱的，那一刻，生死交关，我一个人孤独地躺在手术台上，我内心真的多么盼望您在我身边陪着我啊……"

　　一个月接着一个月，如纽约"9·11"世贸大楼被炸后那样磨死人的、漂浮性的焦虑当头——雅琴达·S却依旧是见不到癌末的丈夫，他每个月照样写信来，没有回信地址，也照样寄钱到她户头……心碎而又越来越瘦弱、憔悴的雅琴达·S听说他那样的病情作化疗、吃靶新药，每个月至少要自费花好几十万……也越来越有各种证据（如她去台北"联合征信中心"调资料，老板范大空为造船要跟银行办贷款让奥斯定·H当人头，抵押担保台币一亿八千万，等等），她也当面从他同事口中清楚知道，许多艘明明是她丈夫运用人脉拉来的造船生意，而且他早已离开由交通部监督、半官方的财团法人"××验船中心"——如今在商言商，由他奥斯定·H透过各种人脉关系所（拉）来的造船生意，合约写明要给他百分之十的——在他罹癌这几年，少说也有个二三十艘船，利润该是他的（他也是范大空筹组的两家母子公司的股东之一）。雅琴达·S猜想，他大概对自己病情已绝望（或医生告诉了他，最多只能再活几年），抱着重病不肯离开职场，以他向来爱家、顾家的务实作风，大概是在盘算、等候某些某些船造好后，能拿到遗留给她及子女的福利吧！听说，他因病体力有限，也带人从旁监造，做点顾问的事（听说有些涉及海军军事机密的事，又不能讲……）。所以，有些怜悯他们现况的老同事，会从电脑 e 他在国外与老板一起签约场面或参加"新船下水"典礼场面的照片给她——为人妻的,看见癌末老公被生意人押着在异乡干活儿,又瘦又憔悴潦倒的忧苦模样,每次都让雅琴达·S 连哭好几天,躺在床上爬不起来,挣扎在自杀边缘徘徊……幸好,她都还保持定期见神师谈话及早晚各四十分钟静坐、默观祈祷(Contemplative Prayer)的灵修、自省的习惯。

例如,其中有一艘船是奥斯定·H 从纽约拉来的生意,在上海签约时是四千万美金,船造了两三年后的身价(钢板涨价等因素)已飙涨到六千多万美金——这中间该给他的百分之十是多少?几亿几千万哪!但是,自从他罹癌后,就被他带来的副总及另一位大咖同事篡夺侵吞了这几亿几千万……雅琴达·S 多么希望他能回家休养,多活几年(把房子卖掉一间,支付他的医药费也很值得啊!),而不要他一毛钱!

漫长如春去秋来的等候,如荒漠旷野(Solitude)般的寂静中,雅琴达·S 在女儿纯如的陪伴下,隐忍着、不让媒体朋友大幅报道(乖巧孝顺的纯如已到台湾南部一所大学专任,常回家看妈妈,母女每天通电话、写信,相依为命——但纯如念完博士返乡服务、扛着行李下飞机那一天、那一刻,已通知友人转告奥斯定·H,却仍然不见他踪影,当然对她们母女都是不小的打击。)……弟弟纯伟结婚、离婚好几次,罹患躁郁症,个性越来越嚣张古怪,雅琴达·S 不但伤心欲绝,而且数度去办告解,责备、懊悔自己太自私,怎么会让老公办资遣,只为不喜欢台北总公司当年的荒淫、邪恶；为了别让儿子纯伟因为办了"留职停薪"去英国念硕士（纯伟原是一座深山里的小学老师，出去念完当红的"儿童英语教学硕士"，很容易就能请调到台北平地的好学校任教）。念一半，家里有变化，没钱替他缴英国下半年的学费、生活费，怕他半路回来失业（教育局官员很清楚地明讲），就牺牲掉老爸奥斯定·H？为什么不叫纯伟自己跟银行办贷款去念？为什么要让从小疼爱、呵护他们的老爸，辛苦冤枉地去当替罪羔羊？正如日本永井隆医师（他本人也在第二颗原子弹炸在长崎上浦天主堂时，得了原子病）在他所著《长崎和平钟声》里的见证与呼吁！

　　唉，人生苦短，雅琴达·S 深切痛悔，自己所要做的补赎，太多太多……

　　雅琴达·S 因为没有奥斯定·H 的回信地址（他来信写过，虽然渴望有她的信与电话，但是，又怕听到她的声音、读到她的信，自己会太激动，更不想死、更舍不得走，会更痛苦，只能跟她说一百个、一千个对不起……您的写作成功，我为您高兴，别太牵挂我，多照顾好您自己和两个孩子……）；她呢？她情不自禁要跟她亲爱的老公讲讲话所写的信件，都寄存在他们共同的一位神师——西班牙籍谘商心理学大师的 R 神父那儿，等他去拿。R 神父的协谈室还不到三坪大，多年来，却一直很慈悲地接受雅琴达·S 母女送来要他转交给丈夫和父亲的小礼物或冬天衣物、圣水、奶粉、信件、玫瑰珠等等，所表达的思念与盼望！奥斯定·H 有时会去找 R 神父办告解，诉诉苦、解解闷儿。但是，外籍神父尊重人的自由与谘商伦理，从不会出卖去找他谈的人而对他妻子雅琴达·S通风报信，只帮助他如何"平静"接受他的肉身将走到尘世生命的尽头，并渴望永生的赏报！

　　一向情感很丰富却又十分内敛、容易害羞、容易受伤的雅琴达·S如此写道："亲爱的奥斯定·H，记得吗？我们曾经许多年都一起在孩子们做功课的时候，在屋里陪着他们，你推掉不重要的应酬，我们不看电视（那时候还没有手机），全家祈祷读经后，我们很有计划地一起研究《圣经》、读圣奥斯定的《天主之城》。你最爱念托尔斯泰的《复活》，尤其结尾那几句话，你总抄在你皮夹里当宝，提醒自己——你忘了吗？你虽是学理工、轮机出身的，却常陪我看电影、听音乐会；陀氏的著作你也爱看，他在书里说过："痛苦是幸福的必要条件，因为只有痛苦才能使我们意识清醒……"

　　亲爱的，我想，我是有许多补赎要做的；但是，补赎的价值并不在痛苦，而是在于圣化了的痛苦——这是说人灵带着圣宠所受的痛苦……"

　　有一年的过年，听说奥斯定·H怕由他监管的二三十名在"台中港"共事的、船上的缅甸外劳会偷跑，弄得他也没有假期；纯伟跟他再娶的新娘去夏威夷补度蜜月，两人都不大理睬母亲雅琴达·S；只有选择独身守贞之路的女儿纯如陪着妈妈旧地重游，又到了他们夫妻跟女儿一起去过的日本山口县（Yamaguchi）——圣方济·沙勿略曾在此居住的朝圣地来祈祷。（沙勿略曾因想去中国大陆，但心愿未了、死在广东上川岛——后来，利玛窦还是去了中国！）

雅琴达·S 每次重读跟沙勿略一起创会的会祖圣依纳爵1553 年写给老友沙勿略的信，要他回葡萄牙，但因当时欧亚交通不便、船运的延误，到沙勿略过世都没收到这信；而且，圣方济·沙勿略过世的消息，也是在他死后三年（1555 年 10 月），才传到欧洲的。雅琴达·S 每次读到这些书信的往返，除了伤心大哭一场，又很感佩这些离乡背井的伟大灵魂所言所行的一切善功啊！如得"神慰"般，她慢慢在"天人合一"中，一面忍受无比巨大的痛苦与受人轻视、嘲笑；一面不断常在弥撒里，被"喜泪"所冲刷、所净化——女儿纯如陪她散步在日本山口县的乡间小径，如看小津或柏格曼的电影那样充满诗意，雅琴达·S 又跟奥斯定·H 写了一封信：

"有时候，在国外，你替另外的公司谈船价、谈安装哪一类船用机器，我就搜集我的写作材料。

1993 年，我们一家三口在日本包计程车从住处到沙勿略堂所在的山口县去朝圣，沿路人烟稀少，陌生路上弯过来、扭过去的翻山越岭时，看到车窗外诗画般好美的、雾雾白白的细雪纷飞，车上有您、有纯如，是一种很深很满足的幸福感吧，我竟暗地里掉下几滴喜悦、感恩、湿湿咸咸滑入口中的泪水……那是沙勿略帮我们求来的、天主恩赐的'喜泪'（Tears of Joy）啊！可惜，我却一直没有告诉过你。"

山口县的火车站出口处……

——小说改编《长崎·山口的爱与死》电影剧本大纲

2016－12－20

◎小记：书信体小说《长崎·山口的爱与死》——原小

说近三万五千字，改以本篇"电影剧本大纲"呈现作者对现代小说创作与电影艺术之理念与独创性（小说全文已于2012年由台北"联经出版公司"发行增订三版及电子书/网址在附录一览表中）。

本篇"电影剧本大纲"书中文字版权归原作者所有；一切影视改编权亦由原作者保留——若有任何抄袭，将保留法律追诉权，敬祈谅解。

（作家许台英申明于2016年12月20日）

若对此小说、剧本大纲有兴趣的圈内外朋友及投资者，欢迎先与本书责编联系，转知作者的制片顾问与经纪人洽谈。

许台英作品及推介一览表

（附录）

许台英作品及推介一览表（附录）

（一）《岁修》（中篇小说）——联经出版公司出版

——一九八二年八月初版

——一九八六年元月第三次印行

——二〇一二年五月增订再版四刷

（电子书：http：//reading. udn. com / v2 / bookDesc. do？id =41003）

——一九八一年八月十五日下午三点，至六点五十分，由朱炎、张系国等五位决选委员热烈讨论后，决议通过《岁修》入选《联合报》中篇小说奖（字数限七万字以内）。

（同年，作者许台英曾刊于《联副》之短篇小说：《蟹行人》，获《联合报》另五位委员余光中、朱西甯等人决议，颁发短篇小说推荐奖。）

本届是第三届征文，共收到中篇小说五十七篇，初选后，有二十八篇进入复选；经复选委员严格评选后，共有九篇进入中篇小说决选！

决选会议开始后，下午三时三十五分的"假投票"结果，以小说《岁修》《零》《人生行路》获高票四票，委员们认真、专业地展开一下午热烈之讨论。

——张系国教授（美国匹兹堡大学电机系教授、名小说家）：

《岁修》叙述已婚女子在婚姻与事业、名利与归隐间的彷徨和挣扎，写得很真切动人！作者未明写几位主角的性格缺点或手腕，是高明处。

——朱炎（作家、台大外文系教授、"中研院"欧美所所长、"国科会"副主委）

文字控制已达艺术之境的中篇小说《岁修》，是我评选的第一名作品！以船要定期进坞岁修，比喻人生历程总要挨得过种种严苛的磨难。人若由于经历各种愈挫愈勇的考验，而懂得内省、悔改，就能进而一步步修德成圣。作者非常了解人性，没有把女主角砚羚讲得十全十美；她人长得很可爱，很热情，有她自己的理想。夫妻之间的感情也维持得相当不错，砚羚是个很可爱的女孩！

作者许多章节，对灵与肉的磨练、现实与理想的冲突、爱与恨的交织、男女之间真伪感情的分辨等等，都处理得很好！以船来引申人一生的奋斗过程，用小说艺术呈现，由困厄到发达、由无名至有名、从绚烂到平静……女人本来有那么多渴望，一种女性挣扎的心路历程，写得相当细腻感人——厨房、家庭与事业之间的矛盾，都极为写实，也如司马先生说的，极有创意！

我评鉴小说，一看是否读后在脑中留下深刻印象，二看作品是否能创造自己的世界，这些杰出小说的艺术特质，《岁修》都具备了！

——孔令信（大学副教授、曾任"中时"副总编辑）

《岁修》是一本动人的成长小说！创作的主轴，是一位女性石砚羚——写她的成长与挣扎……，台湾各方面都正在起飞的、那段蜕变的黄金岁月……别忘了，小说里，这一艘象征性的船，就叫作"永生轮"。

女作家一旦抛夫别子，一人孤身独立创作之时，天啊！女作家的书，写得再多再好再享盛名，这一位一向淡泊名利、天生具有隐修性格、仰慕陶渊明和爱默生的女主角——石砚羚，对家的感觉就更是渐行渐近、更一百个想回家照顾家人！因为事业亨通之前，她已经"先选择了"投入婚姻……小说里写着经营一个家的痛苦与泪水——这种种经验的辛酸、甜蜜，你我都有！角色中，也有些独身守贞的生活，也很美啊……家（包含天乡），是在来回之间、爱与不爱之间，愈趋完整和成熟。

…………………

《岁修》写一位女性，她想要做自己、表达受过高等教育的时代女性普遍的困境……正像她虽然受限于家，可是透过牺牲的爱，反而使她更加深爱"基督是我家之主"的台风眼——家的宁静、宁静的家！写作与信仰，丰富砚羚的人生，也给予她更深邃的智慧与一步步加深天人合一的方向。

中篇小说《岁修》，以近乎先知性讯息发表时（见书中约第一四七、一四八页），海峡两岸还在戒严状态，由联经出书六年以后，两岸才有历史性的破冰开放与交流！

……正如"东华大学"治学严谨的英美文学系——曾珍珍教授对女作家许台英女士二〇〇八年发表的短篇小说《长崎·山口的爱与死》所评介的："她这种悲天悯人的书写能力与勇气，界定了许台英作为华文世界里罕见的、强烈探究人类宗教意识的小说家所具备的格局与天赋。"祝福她！

……

我认识许台英女士，是在纪念傅伟勋教授逝世十周年的研讨会上（"中研院"刘述先教授，很夸赞她的作品风格与境界），作家许台英女士，大大方方在东方讨论生死观的学术会议上，朗诵圣女大德兰临终前的爱主遗言，让我印象十分深刻！（若有兴趣的读者，可参阅孔教授的全文，刊于许台英女士所著、联经最新出版的《岁修》增订版电子书之"名家推介"。http：//reading. udn. com/reading/introduction_ ebook. do？id = 41003）

（二）《茨冠花》（短篇小说集）——洪范书店出版

——一九八五年七月初版

——一九八六年三月初版三刷

——即将由"洪范"与"联经"联合制作电子书

——此书为许台英从事文学创作以来第一本精选作品之结集，包括她最有价值的短篇小说六篇，体会深刻，新意盎然，无论主题的涵盖和风格笔法的开创都具有挑战的意味和雄心，观察广泛、写实入微，显然有力为现代短篇小说之艺术推展一种新风格，为洪范所乐于推荐。

——书中《蟹行人》获《联合报》七十年度短篇小说推

荐奖（评审委员：白先勇、田原、朱西宁、余光中、叶石涛），书中另一篇杰出小说将由"中华民国笔会"翻成英文。

（三）《水军海峡》（中篇小说）——
联经出版公司出版（评审意见摘要）

——一九八六年三月初版

——一九八六年五月再版

——二〇一二年五月增订三版为《水军海峡二重奏》

（电子书：http：//reading. udn. com/v2/bookDesc. do？id ＝ 41001）

——二〇一六年七月由作家出版社增订为四版、简体字版、首刷五千册；另增复旦大学图书馆馆长、博导陈思和教授序文及作者许台英新写两万字后记（暂时替代写作年表）。

——齐邦媛教授（台大外文系教授）："一九八四年度《联合报》副刊中篇小说奖评审推荐"："同得第二高分的是《水军海峡》和《桩哥》。令人难忘的《水军海峡》书中主角颜仲跂虽是一个流落海外的造船工人，他到日本做工，是为了寻找被日本人拐走的妻与子。颜仲跂是个感觉敏锐的人，用诗人的情怀感伤自身的困境，也用一双鹰眼环视一切。这是一本难得的、充满了阳刚之气的作品，题材、背景在现代文学上都有独特的价值。"

——黄庆萱教授（师大中文研究所教授）：论许台英《水军海峡》的危机意识——兼论观念小说的成功因素：

一本小说之是否"伟大",不仅仅是"修辞"与"技巧"问题;尤其重要的是:作者的世界观是否广阔、正确,而且卓越。这些年来,许多小说呈现的,常只是个人的悲欢离合,一方小小的天地;而《水军海峡》却以其激昂雄辩,迫使我们去正视辽阔而充满危机的当前世界。

作为一本小说,《水军海峡》的情节也许是一个"无中生有"的故事……但是作为一个地理名词,它是存在的,位置就在日本四国岛,面对着濑户内海公园。水军,原是水师或非正规的海军的意思,事实上就是中国人所说的"倭寇"。水军海峡,正是当年倭寇出入的通道,是日本三大激流之一。峡中许多小岛,也正是倭寇的老窝所在。用这么一个地名作书名,其用意是不言可喻的……小说中出现的中国人,重要的有:"盐巴——颜仲跋""邱三元""老马""矢野"。"盐巴"是东北人,当他还在妈妈肚子里,爸爸就被日本人押运到日本做矿工,死在日本。……"矢野"父亲是东北人,母亲是日本关东军的女儿,在大陆长大,"文革"时干过红卫兵,随父母来到日本后生活苦闷,终于跳海自杀了。这使盐巴猛然醒悟:"文革"把矢野生命的根革掉了;而自己有中国传统诗画指引,才能在苦闷中存活下来。看来作者的人物安排,隐隐中似有微言大义在。

小说暴露了台湾造船业和航运业一些问题……轮船公司大老板,宁可向日本订造运木材船,并且在印尼买山,买林地,建木材工厂;却拒绝付款向光船领回造好的新船,希望政府让步,无息贷款。而船员们,一方面由于新船设备自动化,人力需求相对就减少了……廉价劳工的竞争,谋职越来越困难。这些，都有生动的描述……

日本人把淘汰的旧渔船，在 K 港倾销；但拒绝把新型拖网船卖给台湾。一根滚珠导螺杆，原价五万元，当台湾研制成功，立即以一万二千出售，打垮台湾制造者……作者对又谦恭又傲慢、又崇文又黩武、又多礼又野蛮的日本民族性中的双重人格有深入分析。

……一段灵肉冲突的描写有点"超凡入圣"。盐巴在悠子主动邀请下共去"松山城"（在四国岛爱媛县）游玩。……"人在堕落时，通常都会以别人的恶行来掩饰自己的龌龊。"决定"宁可人负我，我不负人"，终于悬崖勒马，却让悠子意识到自己敞露的乳沟被冰水滴得凉凉的屈辱……

在小说布局方面，寻仇访妻是主要的线索。在第一章就提道："在 K 港，桂花恨透了他在船坞里搭鹰架。"……第三章写的，全是伏笔。全书的艺术营构，作者显然用过心思。

某些事物，颇富象征意味。如："岸边有块岩礁上，栖坐着一只鸬鸟——嘴巴正衔着刚从海里捞获的一条鱼。没想到，倏地飞来一只稳若泰山的大老鹰，睁着双滚圆深邃的大眼睛，迅速从鸬鹚口中把鱼儿'抢劫'掉，旋即舞动锐利如匕首的钩爪，神气十足地腾空而上。"（第四章）……我想：小说开始，盐巴做了一个噩梦，梦到自己站在冰山顶，下面竟是黑漆漆的万丈深渊！冰块在迅速融化，每化掉一角，就有人凄厉地"啊——"一声尖叫，踩空了脚，转眼就跌落得无影无踪。同伴们接二连三地滑落，冰块越融越小，剩下的人更是你推我挤，一个个落下去：是个意义深长的隐喻。第一章中借老马的嘴，就说出了为了全民整体的存亡和安危等语汇。我们可以说感时热爱同胞的情怀，贯穿着整部小说……。

……一百多年来，许多社会主义写实小说和存在主义小说，事实上都可视为观念小说。前者如俄国作家车尔尼雪夫斯基的长篇小说《怎么办——新人的故事》……后者如法国作家卡缪的《黑死病》，借一场瘟疫，剖析现代人良心的种种问题……

就作者世界观来说，世界可分社会现实世界和人类内心世界。作者对社会现实的认知相当辽阔。倭寇之为害，关东军之横暴，以及今日日本以经济为手段的财富掠夺；史实斑斑，事实俱在……以光船为代表的台湾工商业的重重危机；以专买旧车旧电器的越南船员为代表的社会主义计划经济制度衍生的贫穷；以科技落后的印尼为代表的第三世界所受日本更严酷的经济剥削……这一部分的描述，是全书最精采之所在……

就作者的艺术境界来说，小说情节安排，形象塑造，都下过功夫。……同样在第一章出现的日本清洁妇，要到第七章部长在家宴客，才被发现竟是部长太太，还是旧老板的亲妹妹。布局伏线，悬宕有致。融解冰山上相挤而失足坠落的噩梦，暗示当前危机之严重……这些形象浅明的暗喻，提高了小说的艺术境界。……

作为一位读者，小说既不乏知性又强烈诉诸感性的语言倒很能引起读者共鸣。我个人读后深受感动，感受到作者忧国忧民的那番苦心，也对学院之外危机重重的世界睁大了自己的眼睛。

——原刊于一九九四年九月二十二日、二十三日《中央日报·副刊》。

——摘要自东大出版《与君细论文》一书

《水军海峡》推介

——冯品佳教授（台湾交通大学外文系讲座教授、"中央研究院"欧美所研究员）：

《水军海峡》以一个极为奇特的梦境开始。来自台湾的主角颜仲跋梦见在船坞搭鹰架时，和造船厂数百名工人伙伴困在一个即将融化的冰山之上，在午休结束的上班警报声中醒来时，发现自己竟然惊吓到尿湿了裤裆。小说一开始就为男主角营造了一个"失能"的窘境，具体表现出颜仲跋内心的无力感。颜仲跋虽然四肢俱全，但是却对于自身的命运全然无法掌握，除了因为在台湾遭到裁员不得不到日本造船厂成为寄人篱下的台劳之外，在餐厅工作的妻子也遭到日本客人诱拐，带着稚子私奔，让颜仲跋不得不跨海寻亲。更反讽的是颜仲跋来自中国东北，亲身体验过日本关东军的残暴，祖父与父亲都死于日本人之手，如今儿子也遭到日本人拐带，父子四代都是日本军国殖民主义的受害者，颜仲跋为了找寻妻儿却必须为日本人工作，与关东军退伍的老兵为伍，甚至因为劳工的身份而遭到鄙视，每天生活在憎恨与愤怒之中。

小说的叙事是透过颜仲跋的第三人称观点进行，因为主角身处逆境，使得小说的基本情绪显得相当负面，不仅让读者看到日本人强烈的阶级观念，对于管理阶层谄媚阿谀，对于劳工阶层的异族则百般侮辱，也看到台湾资本家为了一己之私，不顾国家利益的赚钱手段，透露出强烈的国族与社会意识。作者不只替华人受到歧视打抱不平，透过几个无名的越南船员购买二手家电遭受日本人嘲弄的场景，鲜活地刻画出日本人的种族歧视。层层负面的日本印象之下，隐藏的是作者的热爱同胞的情怀，担心日本以先进的工业产品作为经济武器，替代了军阀的武士刀，以杀人不带血的方式进行总体经济战。小说的时代背景固然是1980年代，但是对于台湾未来的忧虑，即使是在二十一世纪的今天，仍然值得我们深思。

　　尽管颜仲跋因为自身经验对于日本及日本人绝无好感，然而他仍然不时自省，提醒自己不要因为国仇家恨而伤害了无辜的日本人，更应该要有宽恕之心。例如他与宿舍管理员之女悠子之间的恋情，虽然只身在异乡的颜仲跋情欲难耐，但是他依然提醒自己不可以带着报复接近这个前关东军的女儿。也就是因为颜仲跋这种向内探索与反省的能力，使得他的角色更具有深度，而不只是一个郁郁不得志、满怀悲愤的海外移工。

　　除了主角的刻画生动，许台英在《水军海峡》最吸引读者之处应该是细节的描写，不论是水军海峡的历史，或是中日饮食不同所表达的文化差异，在在都烘托出不同国族文化习俗以及对于历史诠释的差异。例如颜仲跋工作地点附近的因岛是昔日倭寇、水军的大本营，在中韩沿海烧杀掳掠，声名狼藉，但却是四国岛地区引以为傲的模范祖先，日本国珍贵的文化遗产，四季祭典不断。又例如颜仲跋的童年因为关东军而黯然无光，日本却声称"满洲国"是"无主之地"，为日军侵华辩护，表现日本右翼分子否定、重写历史的企图心。除了极具政治省思的细节以外，小说最令人印象深刻的细节，是颜仲跋在中秋节购买会爬行的塑胶发条娃娃，具体而微地表达了思念幼子的父爱。也就是这样纯净的亲情，带来最后的救赎。结尾时虽然水军海峡风狂雨暴，终于找回爱子的颜仲跋却找回了"再生意志"，在逆境中重新燃起了生命的希望，也为小说带来一线光明。

（四）《长崎·山口的爱与死》推介

——曾珍珍教授（东华大学英美文学系教授）：

读完了许台英最新发表的书信体小说《长崎·山口的爱与死》，除了被女主角雅琴达·S对失踪却仍因爱而通信不断的癌末丈夫所发出的真情呼唤感动，但也觉得不可思议之外，觉得信中涉及日本和远东地区天主教圣徒传教史的部分，以及二次世界大战带给汉和民族的苦难书写，更是动人。雅琴达·S，对丈夫的怜悯，已因此历史视野的植入，扩充成对普天下苍生的怜悯，写出了宗教文学的深度和广度！

早在三十年前，就因获大报文学奖而由"洪范书店""联经""联文"等出版社，出过多部中长篇小说的女作家许台英，近半辈子除照顾家庭、尽心尽力栽培子女之外，始终醉心于小说创作。近来除了努力撰写以二次大战为背景的长篇小说《船舱》，同时也将凄美动人的家庭故事《长崎·山口的爱与死》一书中，一位癌末的丈夫选择用失踪来表达对妻女的爱，写成隐隐彰显天人合一的书信体小说！

从小说写作艺术的角度来考量，这故事含有令人不解的谜，作者选择以第一人称叙事并以反讽的写法一层层拨开云雾，允为上策！写私情小说，且能不断扩充史识从多重面向探究现实，折冲于个人存在困境与时代变局之间，透视人性的卑微与尊贵，这种悲天悯人的书写能力与勇气，界定了许台英作为华文世界里罕见的、强烈探究人类宗教意识的小说家所具备的格局与天赋。

许台英曾邀请我阅读这本小说的初稿，让我提供改进意见。当时，个人认为以作者杰出的写作能力，若能将《写给奥斯定·H 的情书》这一系列作品稍加润饰，赋之以虚构的创意形式，它有可能成为像王文兴《家变》一样的经典杰作！虚构的小说，仍然可以采用书信体，小说的第一人称身份是个女小说家也无妨，只是作家的真名不必直接出现在作品中。《黄色壁纸》这篇十九世纪末的经典名篇，采日记体，具高度自传性，但小说中的女主角始终没有说出自己的名字。

现在，《长崎·山口的爱与死》终于完成并且出版问世，恭喜小说家许台英更上一层楼，又写出了一篇佳作！

公元二〇〇八年四月六日

——张恒豪（文学评论者）：

有幸在彭瑞金主编的《文学台湾》杂志上，读到一九八一年就以中篇小说《岁修》及短篇小说杰作《蟹行人》（收入洪范出版的短篇小说集《茨冠花》）荣获联合报中、短篇小说奖的名编剧许台英女士二〇〇八年呕心沥血的新作：《写给奥斯定·H 的情书》（系列之一）——《长崎·山口的爱与死》。

读完，想必许多读者都会跟我一样，感到极大的震撼！

整个情书，与其说是情书，毋宁说是女主角雅琴达·S 混合着爱与痛苦的心灵告白！旁征博引的信仰、见证及隽语处处、家庭与老夫老妻的生活历练……通篇充满智慧的火花以及知性的反思！真是台湾文坛近年罕见的小说杰作！

我个人以为，隽语是外在的，应再更细致地转化或内化成雅琴达·S 的独特思维，个人的、夫妻的、家庭的部分，应着墨较多一点，而且应细描！尤其长崎、山口的回忆与生命经验，应进一步做现实及象征性的文学性处理！爱与死是浪漫、引人动容的名词，然而，男主人翁奥斯定·H仍活在世间，为生命在奋力搏斗，总是有希望的！说爱的点点滴滴总是好的，另一个字就少说一点啰！

　　然而，无论评家或读者，不解的是，奥斯定·H是如此深爱历史、宗教、人文科学；却又因从小家庭的经济因素，被迫念了轮机，在航运界有不错的收入和很高的成就，无奈因工作之故，经常很孤单地出国到世界各港口奔波劳碌；与相爱的妻子虽聚少离多，但内在属灵的生命则是灵犀相通的！这么多年来的相知相惜，如此的共修，如此的感召默化，无论是人世的欣喜悲苦、生命的灵性，都当有极大的蜕变和成长（也许我们的盲点，都有太多误解他悲剧英雄近乎伟大、像精神巨人那一面的局限？如文中所述，都什么时候了，癌末的他，还在帮船公司老板忙着张罗股票上市、公司少不了以专业领军的他？唉，可怜的、令人鼻酸的、着急的家人呢？如何自处？）怎么回事？何以在身有重病之际，竟离群索居？（真被软禁、当人头？）癌症化疗及服用先进药物，连生活费一个月少说要花二三十万台币是跑不掉的！他跟现实低头？还是除了老板及公司都少不了他，且另有"人"罔顾病患死活，耍手段处心积虑要榨干他的剩余价值、霸占他船舶管理公司总经理的位置并累积当主管的资历好预备跳槽，却又少不了奥斯定·H专业技术上的临在吗？

　　邪恶的黑暗恶势力，使一向爱家顾家的奥斯定·H忍痛割舍最爱与天伦之乐而失去了自主性吗？他究竟有多少难言之隐，在沉默中独自受苦而无语问苍天？

智慧就是力量，走在正确灵修道路的人，总是有一股大无畏的行动力，去坚持自己命运。妻子呼唤他，女儿翘望他（小说中，日本长崎·山口……等乡间小径，父母远远无声看着长大的长发女儿、快乐单纯地骑着自行车与风追逐嬉戏的描写，很美），至亲之人望穿秋水等候他，希望他回来！或许他可以一边养病，一边完成他所热爱的《台湾航运史》。然而，一切的一切，却变成或许是大病大痛的考验，似乎暂时让他做不了自己，而受制于某些小人或恶劣的环境吗？到底，隐衷何在呢？

放眼世界，优秀而又风格独特的小说家，都能同时写出兼顾人类"共相"与"殊相"的好作品！《长崎·山口的爱与死》就是这样！

作者许台英女士，以丰富的人生经验、长期精修而又持之以恒的专业探索（她从二十几岁开始，就在"台视"和"中影"编写许多播出后脍炙人口的好剧本），就因为这样，在作者基于文学艺术价值考量所经营出的书信体小说里，奥斯定·H和雅琴达·S这一对白手起家的患难夫妻所面临的生离死别、有爱就有巨痛……等等，灵魂是否得救的难题，当然不仅是个案！其实，隐藏在世界每一角落都有不少类似的人生困境与问号。发表成书，其艺术性、宗教性和社会性，甚至于探讨人与人的医病关系等等，都有极大的正面意义与普世性价值！

托尔斯泰《论文艺》书里说："艺术的任务，就是建立人类之间圣洁的、兄弟姊妹般互爱互助的团结。"就文学艺术而言，由于作家许台英数十年来作品创新连连、写作态度真诚、创作技巧娴熟，使我们深受感动之余，真会"忘我地"融入到男主角奥斯定·H的善良、挣扎与苦难之中，而当他是你我的亲兄弟！以创作的艺术经营来看，不知他那"亲笔写来的、高高的一沓子信"是否会很快陆续出现在许台英女士写作计划中一系列的《写给奥斯定·H的情书》里？

至少，《长崎·山口的爱与死》所引用的这位爱家好男人的信，就是那样感人的、无私无怨无尤的牺牲小我："老伴儿，永远记得，你在这个家中的角色和地位都是最重要的！你活得快乐，我们大家都会高兴。只是……"

愚蠢如我，都会奋不顾身去拥抱所爱；聪慧又刚毅木讷的奥斯定·H啊，何以会有不同的选择呢？至恸无言，也许这就是人间之谜，雅琴达·S所说的"人的奥秘"吧？

公元二〇〇八年四月六日

（五）《人生放异彩》（散文集）
——林白出版社（版权已由作者收回）

——一九八六年九月初版

——吴鸣教授（名散文家、政大历史系教授）曾评荐于《文讯》月刊。

（六）《怜蛾不点灯》（短篇小说集）——联合文学出版社

——一九八八年四月初版

——一九九六年元月初版三刷

——二〇〇七年元月再版四刷

——二〇一三年二月增订三版五刷

（电子书：http：//reading. udn. com/v2/bookDesc. do？id =

47729）

——二〇一四年九月由大陆"河南大学出版社、上河卓远"出版简体字，增订四版，加入作者最新创作十二万字中篇小说《月光下·秃光的鸡蛋花树》，蒙中国社科院文学所所长陆建德教授为文大力推荐。

——叶石涛教授（"成功大学"台湾文学研究所博士班教授、名小说家）：

◎ 每当我读许台英的小说的时候，我总觉得奇怪……我所知道的许台英是规规矩矩的家庭主妇，每天一定会为许多零零碎碎的家庭杂务忙碌不堪……她对现实社会细微精密的观察……是作家天赋条件之一，显然她具有这极具优秀的观察力和洞察力。当然她也勤于搜集材料……从她著名的小说《蟹行人》以来，她的小说都以精确的写实著称；那背后隐藏着多少她的血泪！许台英的大多数短篇犹如坚石构筑的城堡一样，无懈可击，就是归功于……

◎ 这本短篇小说集压卷之作，当然是《陶俑》。这是一九八〇年代台湾文学不可多得的一篇力作，小说里优秀的性格描写树立了一个典范……许台英所创造的几个角色，几乎可以和张爱玲小说中的人物媲美……她创造了有血有肉、承担各种生命苦难的老人……给小说点上一盏永不熄灭的救赎之光。

——张系国教授（美国匹兹堡大学电机系教授、名小说家）：
马奎斯《爱在瘟疫蔓延时》写的是爱情故事——不是年

轻人的爱情故事，而是老年人的爱情故事……两人因郎才女貌
而结合，当初并不相爱，彼此折磨了一辈子，到老却终于磨出
了爱情……一般作家不会处理霍乱岁月的爱情，似乎只有少数
具有宗教信仰的作家涉及这样的题材。许台英女士的《陶俑》
和《白帕》是比较特殊的例子……故事最突出的部分，是结
尾……怜悯他、称他为"我甜蜜的负担"。这种以宗教情操来
处理背弃和爱情的作品，在中国小说里并不多见……我们都会
衰老、都会恐惧死亡……是现代人都必须面对的大问题。

（七）《寄给恩平修女的六封书信》——联经出版公司

——一九八五年十月初版

——一九九六年二月初版第二刷

——二〇一二年九月增订三版三刷

（电子书：http：//reading. udn. com/v2/bookDesc. do?id =
44389）

——关永中教授（台湾大学哲学研究所教授）：

贝多芬创作第九交响曲的心路历程，与小说家许台英女士
书写《寄给恩平修女的六封书信》的坎坷经历，有着很多不
谋而合的地方！许台英女士是因一九八一年，小说获《联合
报》短篇小说推荐奖（同时也获中篇小说奖），而饱受迫害、
忍痛辞去专任教职并全家迁居……看得出来，全书在行文方
面，字字斟酌、句句精炼……作者那份对文学的热爱与敬重，
不下于贝多芬对作曲的诚挚。创作者的颠危困逆，往往是伟大
作品出现的前奏！贝多芬在创作第九交响曲之同时，曾为了身
无分文而被迫谱写室内乐以糊口，也曾因为个人的不善逢迎

而……同样地……

《寄给恩平修女的六封书信》真正最有文学价值的地方，也在于其主题的崇高、意境的圣洁、感情的真挚，与将所有人、事、物、天人交战等等，煞费苦心，以高度的写作技巧和超凡的胸襟，看似行云流水的穿插交织成"六封信"寄自不同时间、地点的创意、功力与构思上的细腻！

其寓意的深远，比纯理论的哲理更具震撼力……这本许台英女士呕心沥血、笔耕六年的力作，真是两岸文坛上难得一见的大光芒！

公元一九九五年十月

——李乔（名小说家、电视节目主持人）：

综观台湾文学史，论作品的探讨、理论的研究，迄未做过神学的反省或追索！台湾的宗教界或文学界（前任外语学院康士林康修士等人，曾经开过几届会议）似乎也未就宗教底，尤其《圣经》或本土神学底文学诠释，或台湾文学的本土神学描述，加以深刻探讨。这对台湾文学及正统神哲学都是严重的损失，这情况没有理由继续，问题是如何搭桥。

直写宗教经验，在台湾文学界可谓凤毛麟角！写得最精致完整的，首推许台英女士的《寄给恩平修女的六封书信》。这部小说，含有浓厚的天主教色彩，以天人之间灵性的爱为主干，穿插夫妻之爱、父母之情、朋友之义；书中所引，也让我们反省教宗保禄六世在《论夫妻爱》通谕谈道："夫妻爱使男女肖似天主（若分辨确是圣召，能够独身守贞，也是一种很幸福的见证）。"最后暗示女主角对隐修生活的憧憬，以及对默观潜修的向往（神学或灵修史上，也有些圣人是隐显双修的）！

　　"联经"出版的长篇小说《寄给恩平修女的六封书信》确是一本中国两岸文学史上，难得一见的、涉及基督宗教文化的一流的好作品！

公元二〇〇五年三月

（八）《怜蛾不点灯》简体字版

　　——河南大学、北京上河卓远出版公司二〇一四年九月增订四版（原台北"联合文学"版本，简介如前所述），首刷六千册，入选"中国好书榜"（百道网）。

　　——增入作者最新创作十二万字中篇小说《月光下，秃光的鸡蛋花树》，荣获中国社科院文学所所长陆建德教授等学者专家的赏识与大力推荐。

（九）《水军海峡二重奏》简体字版

　　——作家出版社于二〇一六年八月增订为四版。首刷五千册。两岸佳评如潮，复旦大学著名学者陈思和教授评为"许台英作品的精神高度，令人肃然起敬"及"惊心动魄地受到强烈感动"等肯定与力荐，已刊于2016年6月6日"上海《文汇读书报》"头版，轰动一时，十分令人期待。

　　——全书简介如前所述。原台北"联经"版本，简体版另增陈思和教授序文及作者许台英女士新写的"后记"（暂代写作年表）。

蜕变与永恒

——许台英文学生命的死而复生

蜕变与永恒

——许台英文学生命的死而复生

是的，以日本为背景的、充满"人，是个奥秘"的二重奏，终于要跟大陆的读者们见面了——心境的忐忑与喜悦，不断在交替出现着……。我最最亲爱的、去年这时候过世的母亲，是 1927 年出生在南京，她才 10 岁时（1937 年的 12 月 13 号）清晨，不幸遇到日本士兵带着武器从各城门疯狂冲进南京，对无辜百姓大肆轰炸与屠杀！我从没见过面的外公外婆（战乱、血腥及流离失所的悲苦，让我连他们二老的照片都从没看过），都一起丧生于这一场震惊中外的、荒谬而又恐怖的"南京大屠杀"里——这也许是我当初提笔创作《水军海峡》（台湾"联经"版）的动机之一吧？

从 10 岁到 22 岁，一直在南京遭战火蹂躏、无家可归的母亲（被人捡回去当童养媳妇儿，受不了虐待，她又孑然一身冒死逃出来……），1949 又随我生父的军医院，从南京撤退到台湾，不幸于 28 岁守寡……

这五六年来，我因为一直在埋头创作一本分上中下三册的长篇小说《船舱》（以二次大战及八年抗战为背景），最近又读到一位加拿大卜姓汉学家所著的《秩序的沦陷》，书里写道："日本士兵在南京毫无防御的窘况下，凶猛侵占进城时，有一个13岁的女孩（美国外科医生罗伯特·威尔逊后来给她治疗）和她父母站在城门边观看士兵进城，一个日本兵走过来，刺死了她的父亲、枪杀了她的母亲，还猛扭小女孩的胳膊，直到骨折。她没有亲人了，一个星期都没有人带她去医院……"——我相信，我母亲在南京悲惨的境遇，跟这同龄小女孩是不相上下的。（大家也都知道，一位华裔女作家张纯如，写完"南京大屠杀"，自己就自杀了!）

●

名字已被爱尔兰作家乔哀思写入"芬尼根的守灵夜"第279页的英国名诗人 W·H·奥登在他与另一位小说家衣修伍德所合写的"战地行纪"里，对残暴的日军入侵中国，如此真切描述着：

——"在入侵者进入一个城镇时，每个人都认为要有一个外国人在场，这极其重要。……在危急时刻，至少得有一个白人传教士守在传达室里，晚上也睡在那儿。当日本第一拨士兵到来时……日本人总体来说，很容易就喝醉了，于是麻烦就开始了。男性居民可能会被放过，但大多数妇女几乎肯定会被奸污，因此一定要把妇女们转移到教会建筑物里面。喝醉了的、目无纪律的士兵们……连传教士们自己也被杀害了。……"

由于我整个童年都由不得我选，就一直命定与家人一起生活在 K 港的陆军××军医院的营区里，每天不分昼夜，几乎 24 小时都"被迫"要听许多救护车一辆接一辆悲鸣哀呼的铃声与哭叫声，医护人员从睡梦中爬起来紧张地飞奔着、气喘如牛地忙着抢救伤患。许多我熟悉的担架兵叔叔们，老在忙着把一具具恐怖的、死不瞑目的尸体或满脸鲜血淋淋、断手断脚、脸被烧成焦黑的、刚从金马前线被紧急拖运回来的垂死伤兵们——或从一辆辆军用大卡车上卸下，或者苦着脸、极端疲惫地频频往黑暗阴沉的太平间抬……我终生难忘，平常会给我糖吃的担架兵叔叔们——忙着大批大批收尸时脸上那无奈、痛苦的紧张表情，仿佛哭都没空哭呢！

所以，当我这些年一直埋首在新写的长篇小说《船舱》里打滚翻腾时，难免又翻出台湾《幼狮文化》1972 年所出的《珍珠港与山本五十六之死》（此传记文学的作者是布克·戴维斯）找些我从小就天天问却又没人理我的大问号"人从哪里来？要到哪里去"的生命困惑：

"有一天，日军轰炸机群以一万七千呎高度，飞到汉德逊机场，炸弹如雨般倾盆而下，P－40 战斗机却根本够不着那么高……1942 年 10 月 24 日到 25 日晚上，日军实施了一次对汉德逊机场的最大攻击……战斗极为激烈，机关枪发射过热，枪手就对着水套筒里小便，保持机枪的火力……"——智利名诗人聂鲁达，在他所写的《我坦言／我曾历尽沧桑》里，沉痛地提到过珍珠港事件前夕的憾事：

根据种种预兆（当时作者是智利驻墨西哥总领事，接待了七个看来忐忑不安的日本人……聂鲁达怀疑着，这几个日本人为什么要仓皇逃出美国？日本轮船为什么三十年来第一次改变航线？这意味着什么……），最后，只因关键人物不想采取行动，而聂鲁达的权限也只能不给他们签证而已。

是的，历史一页页一行行地被记录着，又不断幸或不幸地发生着分裂、愈合；再分裂、又愈合……

我从青春期的1967年，就开始一直百读不厌（而且很神奇地那样历久弥新地喜欢读它……）的《爱默生散文选》里（台湾协志工业丛书／1957年初版），对"历史"一词的论述，真令我佩服之至："有一种心灵是一切个人所共有共通的。每一个人都是一个入口，他们都通向一个"同一体"里面。一个人一旦获得这一种精神的能力之后，便在整个境域内成为自由人。柏拉图所曾想的一切，他能想；一个圣人所感觉的一切，他能感觉；随时降临于任何人的一切，他能理解。凡是接近这个'宇宙灵魂'（Universalmind）的人，就能够参与目前存在的或能够做到的一切事物。因为'宇宙灵魂'是唯一的、至高无上的主动力。

"历史就是这个宇宙心灵活动的记录。只有以全部历史才能把人性解释清楚。……人的心灵写出了历史，这心灵也必熟读历史。……每一次革命开始时，都是源于一个人心中的思想；当另一个人也怀有这一思想时，……"

我写《水军海峡》，是先有人物与情节、思想上的触动与想写的狂热冲动，让我感到像怀了孕一样、被某种神秘力量催逼着非写不可（我教书及相夫教子已够忙，无论写长、中、短篇小说和剧本，都是这样），然后才下功夫搜集了许多相关的历史背景资料及各国之间杀人不见血的阴狠经济战——

尔虞我诈、"认钱不认人"的种种奸险卑鄙的赚钱招数。这年头，还有多少人会相信《圣经》所说："人哪，你若赚得全世界，却赔上自己的灵魂，对你有什么益处？"

●

对于写小说的人而言，背景资料只有"历史"就够了吗？当然不够。我从事小说写作 35 年，加上前 7 年写了不少电视电影剧本，算算一共就有 42 年了，唉，才出了七八本小说——这么一点微不足道的小成绩，可真令人自惭与汗颜哪！嗯，幸好，也在"台湾艺术大学"开课，教授《现代小说欣赏与创作》，师生互动热烈，原是我坎坷人生当中很难得的欢乐时光（外子却在那一段时间罹癌，而且很快扩散，变成可怕、恼人而又痛苦不堪的癌末与化疗……）。

悲伤与无奈，再深再痛再怎么难以接受——日子总还是要过的，不是吗？

从小，出于酷爱阅读（尤其是经典作品）的兴趣，喜欢看了又看《圣经》与作家康拉德、亨利·詹姆斯、乔哀思、福克纳、吴尔夫、赫塞、奥兹、梅尔维尔、莎士比亚、马奎斯、雨果、乔治·奥威尔、萧洛霍夫、普鲁斯特、斯汤达尔、伊撒克·巴别尔、波赫士、托玛斯·曼、莫里森、索尔·贝娄、葛拉斯、显克维支、托尔斯泰、莫里亚克、格林、自己曾被德国纳粹关进奥斯威辛集中营的匈牙利作家凯尔泰斯（还有，前两年，我尤其爱看美国女作家玛里琳·鲁宾逊所写的小说《基列家书》）、沈从文、曹禺、巴金、老舍……以及杜斯妥也夫斯基等等，许多杰出的经典小说之后，更加肯定，值此多元而却又无比喧嚣、紊乱、人际疏离的冷漠世代里，献身于纯文学的小说家们，格外需要经常思索"社会学""犯罪心理学""历史哲学"或"哲学人类学"等对人深层的怜悯与认知；还有，著名的采用超验方法（transcendental）研究神学、人学（anthropological）的拉内（Karl Rahner，1904—1984）等人所阐述的"拉内人学"（他希望探究下述事实：人类自我的了解会受历史条件的限制，而且随时间的推进而有所改变——换句话说，人类自我的经验是可变的；但实际上，拉内所谓的"超验人学方法"的研究方向却是，在这可变的人类自我经验中设法了解支持这些可变经验的基本恒常的不变因素）。——我前一阵子还在美国学者斯特龙柏格（Stromberg）所著的《西方现代思想史》书中第十七章的 614 页看到："荣格一直活到 80 多岁，德高望重。他对于隐藏在宗教体验背后的普遍象征和原型的兴趣越来越浓。……方兴未艾的神学研究产生了一些大人物，如深受海德格尔（Heidegger）影响的拉内。"——当然还有古生物学家德日进神父及我对他的学说（生命哲学、创化论、通过对记忆的研究来确定灵魂与身体的结合问题等……）着迷了数十年的法国哲学家亨利·柏格森（Heri Bergson，1859—1941；曾获诺贝尔文学奖），他在《道德与宗教的两个来源》里恳切指出："在封闭灵魂与开放灵魂之间存在着一种正处于开放过程中的灵魂。"又说，"彻底的神秘主义将是行动、创造和爱。"——我在信仰上的神秘体验与真理的光照，当然都在某种程度上，影响到我的创作风格。

　　以上种种，还有许多因篇幅所限，无法一一列举的研究成果与视野扩展上有必要谈谈的，都跟着岁月增长，变得越来越迫切（但写小说时，却又只能尽量深入浅出、头发梳得像没梳一样……）。例如，我感慨二次大战的残酷而关注炸在广岛、长崎的原子弹给人类带来的巨痛与创伤；耶稣会的总会长雅鲁培神父很意外又很冤地在日本"山口"被监禁一个月（日人怀疑他是间谍），也成了原子弹爆炸的见证人。1945 年 8 月 6 号，广岛被炸之后，接着在长崎，第二颗原子弹又轰然爆裂、天昏地暗地击中"浦上天主堂"（物质的质量乘以光速的平方，所得的积就是该质量的能源；而光的速度大约是每秒三亿公分……）时，也住在长崎的永井隆医师自己也被炸伤，死里逃生后写下感人的《长崎和平钟声》，我读了又读，经常在深夜独自泪流满面……当然也去了广岛及长崎。写成《长崎·山口的爱与死》后，由衷感激台湾"东华大学"英美文学系的曾珍珍教授如此肯定与鼓励的知遇之恩：

"……以及二次世界大战带给汉和民族的苦难书写，更是动人。雅琴达·S 对丈夫的怜悯，已因此历史视野的植入，扩充成对普天下苍生的怜悯……折冲于个人存在困境与时代变局之间，透视人性的卑微与尊贵，这种悲天悯人的书写能力与勇气，界定了许台英作为华文世界罕见的……。"（请参阅附录）谢谢！也万分感谢文评家张恒豪先生、孔令信教授、台湾交通大学冯品佳教授、齐邦媛教授的鼓励及许许多多海峡两岸喜爱《水军海峡二重奏》的读者们！

●

《水》书其实是我长篇三部曲《船舱》的前奏。我长时间研究希特勒与德国，自然很想了解"历史哲学家"沃格林的见解，奇特的是，沃格林对哲学的定义，竟然会是："是一种对存在的爱，它通过爱神圣之存在而得以实现，这种神圣存在是存在秩序的根源。"——沃格林又指出，哲学的核心是去体验存在的张力，以及它的"秩序化的真理"。这一种对于真理的追求，当然也早就呼应在亚里斯多德著名的《诗学》里（我从1976年开始读的是台湾"中华书局"印的姚一苇教授所译注的版本），亚氏将"悲剧"的要素列为六项：情节、性格、语法、思想、场面及旋律——尤其重要的是情节、性格与思想，这三者为悲剧的灵魂，也是一切戏剧的灵魂。是的，悲剧激发哀怜与恐惧的情绪（像是以毒攻毒、大愁浇小愁地转移注意力），能使类似情绪平静、使吾人心中潜在的郁积情绪，得以解脱，从而产生愉悦。

我大学虽然念的是美术，赴美国研究所念的是神哲学，但进入"中央电影公司"和电视台写剧本，却是在正式写小说之前——艺术上，戏剧（编导及勤读莎剧）、电影才是我的最爱，当然也影响我的小说创作及人物塑造、潜心思考……

总而言之，"思想"在创作时所要表述、传递的核心价值，实在很重要！写《荒原》的诗人艾略特，一生致力于哲学与文学之间的关系（受到桑塔耶纳、路益师等人的影响）；例如，大陆学者刘小枫在一篇纪念亡友的文章里感叹说："她有几乎直观的哲学眼界……她熟悉莎士比亚，我自以为了解陀斯妥耶夫斯基，我们相约要尝试文学化的哲学之路……"

——我2016年所推出的拙作《水军海峡二重奏》，算不算是哲学生活化的文学呢？我当然不喜欢被框住、被贴上标签，但感到一丝丝安慰的却是，台湾"中研院"的院士、专研思想史的学者王汎森，最近在北大演讲《思想是生活的一种方式》，他强调："经学与生活的循环往复像风一样，如同苏东坡所讲的'天地曾不能以一瞬'，没有办法分开来看。"

——我们也都信服，吾友泛森所推崇的法国思想家阿道(Pierre Hadot) 在其著作《哲学是作为生活的一种方式》中，对人对世的心态与坚定的理念；美国著名思想家、心理学家威廉·詹姆斯（William James）在《实用主义》一书中，把哲学家分成"硬心肠"与"软心肠"，实在是一种真知灼见。我也特别喜爱他所写的《宗教经验的种种》——连讲"哲学的直觉"的大哲学家——柏格森都在自己的书里十分肯定威廉·詹姆斯的研究，对人类卓越的贡献；曾获诺贝尔文学奖的柏格森，主张不应该为了文字的复杂性而忽视了精神的简单性。

因为，哲学思想本质上是有自发性的；柏格森在1911年的一次演讲中明确指出，形而上学此刻正在力求简单化，力求靠近生活。他在《道德与宗教的两个来源》里讨论到，在"封闭灵魂"与"开放灵魂"之间，存在着一种正处于开放过程中的灵魂——人类灵魂如果从前者跃出而没有达到后者，它就创造不出开放灵魂的道德（有时显得对一切漠不关心与无动于衷……）。

——我在想，这也许就接近心理学家马斯洛所说不愁吃穿却又不死不活、几近麻木不仁的《寻找灵魂的现代人》吧？

索尔·贝娄名著《雨王亨德森》里的男主角，一开头就像您我每天生活几乎都充满乱糟糟的、不堪收拾的一堆烂摊子的 messy! messy!! messy……

（天老爷，救命啊！幸运或明智者，就能"乱中有序"——像麻雀脱离猎人的罗网，在种种艰险的一日的艰难中，披荆斩棘暂时喘口气儿、挣脱魔掌……）

我从 1987 年起，就因爱不释手而常重读它的《雨王亨德森》，对生活的挫败急得哇里哇啦鬼叫："我为什么要去非洲，说来话长，事情是越来越糟，越来越糟一下子就搞得乱七八糟。我买机票的时候，想到自己已经五十五岁了，不禁悲从中来……我有钱，我从老头子那里承受了三百万美元的遗产——除税后——可是，我认为自己是个无业游民……"呵，这后来承认自己不再崇拜、不再迷信托洛茨基（和列宁缔造了革命，但斯大林夺取了一切荣誉且让人谋杀了托洛茨基）的一流美国小说家索尔·贝娄，我从十八岁就开始迷他和康拉德的小说，迷到现在——这也是我数十年来，生活再怎么困顿窘迫或令人沮丧，仍在小说创作上乐此不疲、自我挑战的原动力之一吧!?

●

文学大师们的经典作品之所以强烈地吸引我三四十年而从未间断，也许是生命里从小到老，一直充满近乎史诗般的悲苦、沧桑、流浪、遭忌、孤独、饱受欺凌、不公义与擦不完的辛酸泪吧?！当然也有因感恩而流下喜泪的时候，例如：2012 年，感谢台北资深出版家方执行长与林发行人，在"联经数位出版公司"为我重印电子书《水军海峡二重奏》的封底，所摘书中《长崎·山口的爱与死》的字句：

"一九九三年，我们一家三口在日本包计程车从住处到沙勿略堂所在的山口县（Yamaguchi），沿着人烟稀少、陌生路上弯过来、扭过去的翻山越岭时，看到车窗外诗画般好美的、雾雾白白的细雪纷飞，车上有你、有JJ，是一种很深很满足的幸福感吧，我竟暗地里掉下几滴喜悦、感恩、湿湿咸咸滑入口中的泪水……那是天主垂听沙勿略代祷所恩赐的'喜泪'（Tears of Joy）啊，可惜我却一直没有告诉过你。

"山口县的火车站出口处……"

●

漫长的创作之路虽然寂寞如我、常遭边缘化地被排挤……但是，无论深浅的知遇之恩，我都深深感激在心，如台湾的朱炎、黄庆萱、冯品佳教授及叶石涛、梁欣荣、王文兴、苏其康与齐邦媛和曾珍珍教授、电影名制片人徐立功先生（近几年屡次催我将《长崎·山口的爱与死》改编成电影剧本，很感激他的赏识）；另有"东华大学"赵校长、"工研院"张方、胡国桢及小朱神父、西班牙籍的和神父、台南的梁德政神父等等；新竹的任修女及屏东万金的谢·小德兰修女；如香港的陶然总编；如西班牙籍和神父、总修院曾神父等等，都是我要感谢的人；还要感恩的有：大陆的陈思和教授、康士林教授、"作家出版社"新、旧任吴社长及葛社长；还有，"河大出版社"张社长、潘涛总编、陈凌云总监、明哲总编及《水》书的责编雷容先生与我大陆第一本中短篇小说集《怜蛾不点灯》（2014年9月出版）出品人杨博士等恩人的照顾与提携，还有，还有……

嗯，一大串写不完的、想要致谢的许多名单及两岸众多读者们数十来持续的关爱与支持，只能虔心祈求仁慈天主圣三百倍赏报他（她）们和家人——这些恩人友人们在圣神推动下、爱心的浇灌，点点滴滴，都是我文学生命一次又一次"死而复生"的因素之一啊！

●

没写年表，就请容我与您深刻分享、稍微谈谈小说创作者的素养与胸襟：

写作中篇《水军海峡》（台北·"联经"版）及长篇《寄给恩平修女的六封书信》（台北·"联经"版）等的创作经验与基础，让我在先夫过世数年后，还能从"至恸无言"——极其黑暗的无底深渊里，心在淌血却仍要奋力挣扎着、一小步一小步慢慢爬出来；出版那些书的参考书籍及千百本大小笔记、手稿等等，有的还在身边，有的被图书馆及文学馆收藏，有的因多次搬家而失散，难免心中惆怅……只能以目前写书现况为例，对于创作说明一二。

算算，老天，前后已有六七年了，终日劳苦却在物质上看似一无所获地寒窗苦读许多《船舱》里要用的背景资料如厚厚的《滇缅公路》《库克船长日记》《赫德日记》《中国，被遗忘的盟友》《潘霍华狱中情书》《最长的一夜》《奥许维兹卧底报告》《中国共产革命七十年》、史景迁的系列作品、《世界海军最新战舰和技术进展》《一战华工在法国》《波逐六十年》《希特勒》（伊恩·克肖著）《日治台湾生活史》《五伤毕尔神父传》《柏林战役1945》《战时笔记》（维特根斯坦)《上海黑帮》《顾维钧》《托洛茨基自传·我的生平》《身处欧美的波兰农民》《希特勒与史大林》《波兰史》《纽约曼哈顿华埠》《思考与回忆：裨斯麦回忆录》《地中海海战》《蒋介石与史迪威》《吴宓日记》《战地行纪》（奥登）、《聂鲁达回忆录》《二次大战回忆录》（邱吉尔）、《悲伤与理智》（布罗茨基）、《野蛮大陆：第二次世界大战后的欧洲》《满铁秘档》……列这一串，正是我有时跟神师嘀咕的："唉，终日劳苦，一无所获呀（特别是物质酬报及收入上的一无所有，还要不断花钱买书）……"——我当然不是在列书单或肤浅地炫学；只是想说，到我这年纪了，除了希望您能喜欢的《水军海峡二重奏》及新写的《船舱》上中下三册之外，我一向淡泊、好隐居、无所争，还能有多少岁月及体力再出几本好书？再写几篇又要告别一本创作的后记呢？默默从事小说艺术数十年，不眠不休消化上述的背景资料，已是写长篇最轻松、最简单的一部分了——在创造（create）过程的神秘性中，真正的艰难、苦涩与狂喜，几乎是无法诉诸一二于笔墨的呀（也许有那么一点像是1987年诺贝尔文学奖得主布罗茨基在《颂扬苦闷》篇章里所说："当苦闷袭来，你们就沉湎于苦闷……越早沉到水底，便能越快浮到水面。……时间会借苦闷之口对你们说，你们无足轻重——因为你们是有限的。"）。

越来越觉得，我穷毕生之力，所奋力书写的，无论是长篇、中篇或短篇小说，又怎样呢（我虽然曾获1981年《联合报》中篇小说奖及短篇小说推荐奖——但在时间之流里，都已是微不足道的过眼云烟——重要的是"爱"。我爱我的读者们，渴望她（他）们的灵魂与我一起得到救赎。虽然表面上我不认识您，不清楚我小说的哪个片段曾触动您生命底层的某一根弦，但我们之间确定已有能够引起共鸣的、某种神秘且互通的磁场）？

是的，神秘家。不只是"胡塞尔现象学"最基本的公理是，意识具有意向性，或者，像日本长崎26位为主殉道的圣人及圣女史泰茵的移情学说；也不只是梅列日科夫斯基在"道成肉身"、在他宏观哲学宗教思维里所强调的——性和神圣肉体——如我写自我放逐的盐巴，有欲火但也能克制想"报复日本人"的歹念、放弃对前关东军女儿悠子女性肉体上的侵犯等等；还有，海德格尔的大问题是要知道什么是真理的基石。维特根斯坦的大哉问，是要知道相关真实事情说的是什么。而福柯呢——福柯的问题是，真实的真理如此稀少，究竟是为什么？

为什么要谈这些人？

因为，让我觉得"心有戚戚焉"的，例如，哲学家维特根斯坦不止写逻辑学、写《数学原理》；他也在《战时笔记》(1914—1917年) 里写道："发生在我周围的每一种不正派的行为，都使我内心深处受到伤害；旧的伤害还没有痊愈，新的伤害又接踵而至！……不得不自杀，忍受着巨大的痛苦。但是生命的图景对我的吸引力太大了，我又想活下去了。……我的灵魂收缩在一起了。愿上帝照亮我！愿上帝照亮我！！"(1916年3月)

就像《水军海峡》所写，老想找人聊中国话的矢野（父亲与盐巴同是东北老乡，母亲是日本四国岛的本地人），出于孤寂无奈地跳海自杀，或，此地的鱼儿，因为日夜都要拼命跟海水的冲击性不断搏斗，而"境不改心改"地、被无情的激流练就成细腻肥美而富弹性、有韧性的鲜美鱼肉一样，维特根斯坦知不知道，托尔斯泰也曾经很想自杀。（梅列日科夫斯基所著《托尔斯泰与陀思妥耶夫斯基》书中谈到，托尔斯泰在 1879 年的《忏悔录》中抱怨："我觉得困惑、生活停滞……我常把绳子藏匿起来，避免自己上吊；我也不再拿猎枪去打猎，怕忍不住极轻易地了此一生。"）

　　维特根斯坦不但在 1914 年 10 月写下："总是像戴着一个护身符一样，随身带着托尔斯泰的《福音书简释》。"而且又在 1917 年 1 月写道："如果自杀是允许的，那么一切都是被允许的了……这一点澄清了伦理学的本质，因为自杀可以说是基本的罪孽。"（我在"台湾艺术大学"所开《现代小说欣赏与创作》的课程时，总提醒班上有志于写小说、写电影剧本的满屋子学生们："别忘了要抽出时间、好好研究亚里斯多德的《宜高迈伦理学》以及《圣经文学》《老庄》《卡拉马助夫兄弟》与莎剧等等……"）——表面上，乍看起来，跟我这一本即将与大陆读者见面的《水军海峡二重奏》的创作好像没什么关联——但您相不相信？以上种种，都是我在 2008 年被某杂志熟悉多年的编辑友人催逼着我，终于写出书信体小说《长崎·山口的爱与死》。那个痛苦的前后（小说的虚虚实实——所要表达的内涵却是真实的，正如维特根斯坦 1916 年所说："人类总在寻找这样一种科学，简单性是真理的标志……艺术是一种表达，好的艺术品是完善的表达。"

——所以，省省吧，我还活着，还有家人，请看在"学术伦理"的分儿上，慈悲些，有点水平，勿将小说人物与我对号入座，谢谢！创作动机之一，当然是根据我受的专业训练及天主恩赐的敏锐度，希望由"殊相"里，找出全人类的"共相"与普遍性的困境，以及，如弥撒时的（水→酒的）、超越性的救赎。

●

值此科技挂帅、网络当道，造成全球化疏离、人际关系更冷漠更无常的世代里，许多人（无论大人小孩）日夜沉溺在手机游戏等虚拟世界里，越来越不了解别人的感受或反应，会是什么？如《水军海峡》所写，日本数十年前早就在餐厅推出机器人当服务生逗小孩、忙赚钱了！媒体早就报道，2019 年，机器人产业市场总值超过千亿美元（尤其让机器人在护理之家代替越来越短缺的看护，照顾老人）——但是，除了增加人类社会的高失业率外，机器人有意识、有感情、有灵魂吗？能取代人类复杂的大脑吗？

诸如此类的，也就是心理学家所谓的"恋尸症"——对一切活的、有变化、有情绪、有灵魂和七情六欲的"人"，嫌太麻烦、把握不住，可是没兴趣也没精神应付的！恋尸，就是过分喜爱机械等（如车啦，相机啦，电脑啦，手机啦，机器人啦……凡是能百分之百听他话、被他（她）全盘宰制的、操控的就是好伴侣、好部属）、喜爱恶臭（自己一天到晚对谁都臭个苦瓜脸）、喜爱黑暗胜于光明……

所以，我越来越觉得，要当一位"有可能"为人类灵魂得救赎、深刻了解人们身心灵的贫困、窘迫、软弱与无助，而仍然能够咬牙吞声、写出经典作品的小说家，最起码，自己对"光明"要有体验及渴望，因为人是按照天主肖像所造（请参阅《创世纪》一章26—27节或（美国）雷·S·安德森所著《论成为人：神学人类学专论》第六章）。

——虽然，被创造的人又败坏于亚当、夏娃所犯原罪给人类带来的损伤，总让人想做的善做不到；不想做的恶又偏要去做……但是，有盼望的奥秘却是，耶稣是第二亚当——他来了！因他活着，我们能够面对明天！

要写小说，对于"光明"及"人从哪里来？要到哪里去"等等存活的意义与价值，写作者总要有个六七成以上的体验、信念与把握，才能在小说里"描写"恶人、自甘堕落、背叛救赎与世界的黑暗（由魔鬼掌权的恶势力）吧?! 如莎剧的《哈姆雷特》；如英国小说家格林所写《权力与荣耀》里的威斯吉酒鬼神父；如因贪婪而篡弒君王的《马克白》；如法国莫里亚克的《黑天使》；如托尔斯泰的《复活》，厚厚一大本，最后的醒悟就是："你们（你）要先求天主的国来临；其余的，天主会给——偏偏，尘世间太多的诱惑、憾恨、阴谋与谎言，都来自于不择手段地竞相追逐'其余的'。"；如陀氏名著《卡拉马助夫兄弟》，通过一桩真实的弒父案，描写老卡拉马助夫跟三个儿子、两代人之间的尖锐冲突；米嘉曾被人怀疑是他杀了父亲，但他以为对另一老人的命案负有罪责时，却又得知那老人只是重伤、没死，米嘉脸上的乌云一扫而光："主啊，感谢您垂听了我的祈祷，为我这样罪孽深重的恶人，创造如此伟大的奇迹！"——我虽然不敢也完全无意与陀氏相提并论，但他从米嘉口中吐出的对天主的呼唤（陈思和教授的序文，也如鹰眼般点出这样的特质）与信赖，也正是《长崎·山口的爱与死》中所刻画的"爱别离"之苦，写了陀氏的名言："痛苦是幸福的必要条件，因为只有痛苦才能使我们意识清醒。"同时也一样看见、听见圣方济·沙勿略临终前的哀祷："上主，依您丰厚的慈爱，消灭我的罪恶……"

如陀氏或圣沙勿略（他用他的渴望、鲜血与泪水，书写他一生这一本经典好书，正如海德格尔对他自己出的书说："这是'道路'，不是著作。"）这些大师们，因特殊的生活经验而懂得黑暗、懂得邪恶，但更懂得依赖且相信光与热、圣爱与盼望。

前两年，我很幸运地读到一位国际学者 C·C·霍鲁日（俄罗斯著名哲学家、神学家，在大学教神哲学，也在联合国教科文组织任教）所写的《静修主义人学视角下的"卡拉马助夫兄弟"》，深入剖析了就气质而言，是个天生的修士的——阿廖沙（不但被爱的氛围包围住，且能辐射出这种特别的爱的氛围，而且还坚守着克制贫穷、贞洁、服从的三愿，由苦修经验所照耀的爱的道路上、为俗世服务（文字工作者对于主的侍奉也可以这样啊）！

两岸许多文化人都认识的在"北大"专任的康教授（NicholasKoss 修士），可能已经很接近这样的人生境界了，这不但是小说里沙勿略的人生写照，也是奥斯定·H 所仰慕和努力追随、圣化自己的好榜样）。嗯，我创作时，并没有以阿廖沙为蓝本，只是写《后记》整理到这里，感应到"天人合一"骨干下、多元人间的神妙。

是的，天主允许，每一个人，都是个谜样的奥秘。

●

康拉德的《台风》《奥迈耶的痴梦》《黑暗的心》……
都是脍炙人口的经典作品，他追求一种发自内心的人类秩序、
以海洋为背景、处理人类普遍的问题。在他死后，罗素遗憾
地说："他深沉但热情的高贵气质，像夜空里的星斗，在我
记忆里闪闪发光，我真希望我能使他的光也为别人照
耀。"——他的刚果之行，只当了十天的船长，发现自己与
那些白人、贪婪与丑陋的文明人格格不入，他所洞察出的
"黑暗之心"："此地社交风气的特质——大家互相攻讦。"

刻意与人保持距离的疏离感，让康拉德永远觉得自己是
个局外人，使得《黑暗之心》小说里的马罗与康拉德一样永
远心系大海："浪涛声有如兄弟之音，带来喜乐。是自然的，
有其道理，有其意义。"——他最后一部小说《流浪者》，就
写陆地的血腥与残暴。

我父母是 1949 年撤退来台的难民，惊险、辛苦而又挫败
地硬挤在超载的旧船上，欲哭无泪、前途茫茫地渡海来台……

我出生及成长，都在靠海的高雄港，从小就喜欢一个人
孤坐在河堤上，看着落日无语问苍天："老天爷，您让我父
亲在战乱中死那么早（他走时，我 5 岁，是老大，从南京来
的母亲 28 岁就守寡，在贫困与泪水中独自带着 3 个孩子），
您带我父亲去了哪里？我什么时候还能看见他？"

我第一份教书的工作及初恋的甜蜜也都在海边——台湾

最北边的、幽暗多雨却颇富诗意的基隆港及太平洋。

我爱读吴尔夫的《海浪》及《灯塔行》；爱读加拿大女作家孟若的《城堡岩海景》；爱读自然文学作家贝斯顿写的"遥远的房屋／在科德角海滩一年的生活经历"；爱读匈牙利作家伊姆莱（因对脆弱的个人在对抗野蛮强权时、痛苦经历的深刻刻画而获 2002 年诺贝尔文学奖）的《船夫日记》（有一段这样说："这条船是大家共有的。你们建造了它，我们一起乘它出航；不过，我们无法操纵那将我们席卷的水流。……"）；尤其，尤其佩服梅尔维尔在《白鲸记》里深刻描写的海洋故事——他用圣经人物给主角取名，如以实马利并大量使用圣经典故，他在书尾如此写道："……一阵悲惨的白浪在冲击着它那峻峭的四周；接着一切都告消失了，可是，那个大寿衣也似的海洋……'尾声'——唯有我一人逃脱，来报信给你——约伯（"旧约""约伯记"一：19）"

若要问，"二重奏"的关联性何在？都以日本为背景的《水军海峡》及《长崎·山口的爱与死》——小说纯欣赏之余，每个人都可能有您自己的诠释与灵感，也许在我书中某一段文字前忽然得到心灵的治愈，与，您独特的阅读法……

《创世纪》第一章（1—10）："在起初天主创造了天地。大地还是混沌空虚，深渊上还是一团黑暗，天主的神在水面上运行。天主说：'有光！'就有了光……天主说：'天下的水应聚在一处，使旱地出现！'事就这样成了。天主称旱地为'陆地'，称水汇合处为'海洋'——天主看了认为好。"

就像圣母玛利亚曾经在葡萄牙的法蒂玛显现；也曾在墨西哥的瓜达露北、在法国露德、在比利时（贫穷圣母）、在南斯拉夫、在河北东间、在西西里岛、在日本秋田（流泪圣母）、在台湾礁溪……许多地方的显现（教廷都有严格缜密的调查，才会宣布为朝圣地）——无论在哪里显现，都是同一位爱我们、爱她圣子耶稣的好圣母妈妈！

同样的，无论是台湾去的盐巴因参与在日本造的这一艘331号新船，而结识大陆来的矢野；进而与老邱两人三更半夜枯坐在海边，听着一阵恓惶的犬吠、凝望着浩淼的烟波，深知无论是濑户内海或太平洋或黄海或台湾海峡、水军海峡——都是同一海洋、彼此相通的。两个傻瓜样的、漂泊异乡、怅对明月的醉汉，吟唱着美国女诗人狄金森的诗"在巨大伤痛后"："……随之而来的是森漠的感觉／神经萧然肃坐，如墓……——然后是随它去——"呜咽的激流湾，无言地打着节拍、承接着泪水。（由台北"联经"出的第一版首刷《水军海峡》）感伤冤死的结尾，却不是现在所呈现的结尾。

不管是盐巴或悠子或矢野或奥斯定·H、雅琴达·S，他（她）们的灵魂能否得救赎，都与因为要等着进入中国大陆而死在广东附近海边的上川岛的圣方济·沙勿略的灵魂，以及，在广岛、长崎被原子弹炸死、受重伤的无数生灵，一样重要！

结局，也都是一样要受最后的审判的。

"他要擦干他们的一切眼泪；不再有死亡，也不再有悲伤、哭泣和痛苦，因为先前的世界已经过去了。"

（圣若望默示录二一：1—5）

"当羔羊开启第六个印的时候，发生了大地震，太阳变黑，有如粗毛衣；整个月亮变得像血，天上的星辰坠落在地

上……，天也隐退有如卷起的书卷；一切山岭（海洋）和岛屿都移了本位。"（默六：12—14）

最后，谁谁谁的海权与所属的领空——又怎样呢？

希望我们还想得起来，歌德在书尾写到崇拜玛利亚的浮士德博士的时候，有一段神秘的合唱："一切无常者，不过是虚幻……永恒的女性，领我们飞升。"

瑞典著名导演柏格曼所拍《第七封印》，灵感就源于《默示录》第八章的圣灵启发——拍过如《处女之泉》等无数经典影片的大导演这么说："若非探讨天人之间的关系的艺术及电影，几乎都是没有价值的。"——天人之间，合一也是，背叛也是。例如，费滋杰罗的名著《夜未央》，描写一个男人的堕落与失败；目前在"北大比较文学所"专任的康士林教授（N Koss），以"朝向死亡的堕落"为台湾桂冠版所写的导论指出："Perosa 认为此书的结构受到康拉德小说的影响，依循康拉德'混淆年代'的原则——以两性爱情的方式，表达道德混淆和社会腐败的普遍现象。"——但是，比较文学领域的著名学者康修士（N Koss）也提出了译文的美中不足（狄克祝福海滩上的人）："他抬起右手，从高露台上朝海滩画了个十字……"

N Koss 认为："译文唯一的问题是似乎没有十足传达出祝福的意味，而且，天主教的祝祷通常以画三个十字做结。我们有必要……"

说到两性的爱情，《长崎·山口的爱与死》一开头就引了《圣经·雅歌》第一章新郎与新娘的互诉心曲："别令我在你伴侣的羊群间，独自徘徊……"（新娘）；而多情的新郎，也带着永恒的圣爱回应她："香松做我们的屋梁，扁柏做我们的屋椽。"有时候，吾主耶稣是新郎，某些纯洁圣善的人灵是《雅歌》里的新娘（不分男女），透过一些"尘缘——桥梁"（一个人、一次圣神光照、一本书、一封信、一场大灾难，或者，只是某一话）的引渡，能踏上逐渐走向他（天主是爱，如陀氏小说里塑造的小长老——阿廖沙——最主要的天赋：爱）、与他在苦难中亲密结合的人间乐土（《天主经》："我们的天父，愿您的名受显扬、愿您的国来临……"）。

——所有我读过的，对于《雅歌》诠释得最最深刻而又传神、易懂的，要算是"熙笃隐修会"的圣伯纳多所著那几册（香港大屿山神乐院翻译、出版）。从象征的角度看，新郎是基督、是头、是元首；新娘是他所爱的教会、是肢体、是子民——那么，奥斯定·H与雅琴达·S的"爱别离"之苦，所象征的、对永生的渴慕，也就看您从哪一种层次去解读或想像啰。

教宗保禄六世在通谕里说过："富有创造性（繁殖神圣的新生命）的夫妻爱，使人肖似天主。"

就像是《欧瑟亚先知书》里象征性的婚姻，天主要欧瑟亚去娶一个娼妇为妻，让她去生淫乱的子女（因为此地淫乱放荡，背离天主、去拜巴耳邪神）——也就是以色列子民的罪恶与所当受的惩罚——慈悲天父后来却又怜悯她："我要治疗他们的不忠，我要从心里疼爱他们……她的秀丽就如橄榄树，她的芬芳就如黎巴嫩的馨香。他们必将归来……"（《欧》一章—十四章）

以色列与巴勒斯坦、ISIS等的争战，就暂且搁下啰！

是的，为贞洁而战！法国的米歇尔·福柯在"自我技术"里提到，为贞洁而战的"神人联姻"（spiritualmarriage），虽不完全是《水军海峡》里盐巴对悠子抗拒诱惑的功力与境界，但他因人生的困顿、彷徨，已在"逆向修行"（如十七世纪法籍灵修导师范尼隆，在"心的割礼"所不断强调的——人，是多么需要经历最深刻的"老我"之死）的道路上前进！

●

贬尼采贬得最一文不值的，就是法国的 E·M·齐奥朗（Cioran 1911—1995）——他是一个犀利的文体家及严谨的思想家，大骂尼采不是个哲学家，只是个可怜的残疾人，所有作品都是一种无法形容的、幼稚的夸大症！

我十分喜爱齐奥朗写的《眼泪与圣徒》——正像我所钦佩的圣依纳爵在《心灵日记》里恭敬地记录着他的流泪之恩（1544 年 2 月 16 日）："在做奉献时，眼泪如雨而下、饮泣不止，并获得许多精神恩赐……在祈祷的末刻，有很深的满足感、相同的敬爱之情及眼泪，持续着……"——我每次捧读圣依纳爵和被派来东方的好兄弟沙勿略之间充满高贵情操的思念信件，我都会感动地哭上老半天，然后觉得又有新的力量进来扶持我。（不管处境有多么绝望）看到齐奥朗疲惫、正直而又对生命充满质问眼神的照片，会让我想起有点儿相似的老友——斯伐洛克的汉学家高利克教授，真希望他能很快收到北京"作家出版社"为我出的这一本《水》书——在我一步步走出晚年丧偶的悲恸之后，他一定会像康修士及许多关心我的友人一样，为我感到高兴和无上的安慰！

对于神秘主义者（mystics，如圣女大德兰、圣十字若望等人）很有兴趣的齐奥朗，不但在《眼泪与圣徒》里感叹："与哲学家相比，圣徒一无所知。但他们无所不知。与亚里斯多德相比，任何圣徒都是文盲……哲学没有答案。相较于哲学，圣洁才是一门精确科学——其方法是苦难，其目标是上帝。……哲学家是冷血的。除非靠近上帝，否则别无热源。所以我们灵魂中的西伯利亚吵闹着要圣徒。"（心理学家、思想家威廉·詹姆斯在其巨作《宗教经验之种种》的第11、12、13讲，说的都是"圣徒性"；第16、17讲都是"神秘主义"的洞明与启示——illuminations，revelations 等等。）

信仰，让我暂时还不至于像齐奥朗那样对哲学完全失望——但他自己说，是对于哲学的失望，才让他转向文学——这之后："我认识到陀氏比一个伟大的哲学家更要伟大。"

嗯，也许吧，苦闷时、绝望、感恩或疑惑时，我喜欢从伟大、好看、经典、不觉得是在浪费生命的小说和电影中，摸索人生。正如亨利·詹姆斯（Henry James）在《小说的艺术》里强调："小说必须严肃地对待自己，才能让公众严肃地对待它。认为小说'邪恶'的老迷信早就过了……一部小说存在的唯一理由就是它的确试图反映生活。……小说家既和哲学家又和画家有许多共同之处。"

是的，我一直热爱小说的阅读与写作，乐此不疲。表面看来，自从1981年获得《联合报》中篇小说及短篇小说推荐奖后，一直出书，好像很一帆风顺；其实是很挫折也很暗潮汹涌的！尤其在外子罹癌、母亲失智那几年，雪上加霜，台湾某大学有一位以前认识的女教授有学生要研究我的小说写论文，她亲自先打电话邀请我接受她学生的访谈，我很犹豫。淡泊名利的我，因有家人、以前意大利来的博士生、德国汉学家马汉茂、东欧等国的研究者追着我跑，我都想尽办法躲啊躲！（数十年前，汉学家高利克第一次来访，我们有家庭弥撒，我内心抗拒、无法"说服自己"去车站接他，他一个外国老教授，竟然拿着我家地址、真能按铃跑来我基隆山上偏远的家……被高教授感动，后来就越处越好，变成家庭的朋友。）

而我跟这一位台湾的女教授夫妻，并不熟，他们夫妻都在同校同系任教，却是教友当中比较有点政治颜色上的偏好的，而我虽不是国民党员，父亲骨灰却是摆在国军忠烈祠——直觉上，好像感觉不到什么善意，有点怕被修理。但想到我长女JJ念"台大社会所"的毕业论文，也是访谈了几个对象（后来想想，其实是不一样的），那就帮帮她吧，最后以不接受录音的访谈方式，勉强答应下来。没想到，那研究生e到我电脑的三十几页，几乎都是造谣、毁谤、写八卦一样邪恶地把我小说中人物与我本人、夫妻的私生活乱七八糟地"对号入座"，没跟我老公讲过话也能替他编出话来。（这三十几页黑心论述，我至今还留着——我这傻女人，一辈子苦哈哈为文学劳苦、殉道、丢工作——因某一篇得奖小说。）噎，总不能在我死后，还留个大烂摊子，给我勤奋向学的女儿JJ——她们难道是嫉妒JJ当时刚拿到纽约某名校的博士学位归来吗（我为此因素也冤枉吃过不少苦头）——我们母女因为要去南部探望JJ外公外婆等交通问题及在那大学附近要参加弥撒之故，就顺便一起到南部接受她访谈过一次；我当然在电话里一一要求她修正或删除。（我太善良地信任这研究生，至今不知那女教授是否看过这些瞎掰、涉及人身攻击的论文草案？毕业时的论文究竟又放进去多少？）

当时，我自己也在"台湾艺术大学"及"台师大"教书。

这研究生不理不睬也不改不寄，完全没消息；我被迫只能找那女教授，谁知她也火气很大，很跋扈地凶我："为什么要给你看？写了就是写了，她要赶着交论文毕业……"偏偏我运气太坏，她那系上同事老公，又在她旁边（电话里）大叫："你们几个摆不平，让我来接手当指导教授！"——唉，老天有眼，指导费是她在拿，我耗费心神与口舌，一毛钱没拿，还要被诬陷。（我说过，当时外子罹癌且是末期，我真的心力交瘁、活得生不如死！）

听说那研究生快要毕业口试了，论文却一直没有先给我一本，（奇怪啰，这个"以恶为善、颠倒黑白"、由魔鬼掌权的世界啊——你是仰慕及尊敬某位作家，才要研究她，不是吗？学术伦理何在呢？）文化界友人都纷纷劝我寄存证信函给学校，寄来那三十页没处理，不要让她毕业，我却做不下手……

为了家人的名誉，我又拨电话去要，那女教授竟又在电话里酸溜溜地无辜损我："为什么我先生在家跟我讲话总臭个脸，上次在我旁边跟你讲电话，有说有笑？"呵呵，老天有眼，原来如此，是在闷着头吃干醋，才借刀杀人啊？我跟她老公只"文建会"招待两大车作家们旅游碰过一次面而已，这怎么讲？该问谁啊？

那张狂的研究生大摇大摆毕业后，我是很想跟那女教授公开打笔仗的，丈夫重病，我没力气，只好一直压抑下来、没吭声——严重受伤后的寒心，觉得写作很没意思，令我灰心沮丧、信仰动摇、决定封笔（当然还有台湾文坛上的其他因素）——每天鬼混、哭泣、沉寂二十多年伤耶稣圣心、不再出书的傻大姐，就是我！我罪，我罪，告我大罪！

不得不写这些，实在有点伤到我这一篇《后记》的格调，也是我感到很抱歉，让责编雷容先生等了一段时间——我很挣扎，极不愿意提起却又一百个不得不面对的文字冤狱及人生憾事！

"中研院"专研比较文学领域的学者李奭学，出于好意，建议我是否在她论文每一页下方一一注明，第几行、哪里哪里与事实不符，我没有这样说过，指出谎言所在（我没答应她录音）——唉，那比我新写个长篇还累，她的论文有那么了不起吗？作家都该活活饿死吗？学者王汎森是老友，也曾帮忙去电给当时的该校副校长……唉，除非撤销学位，暂时还能怎样？

这是如我标题所写，许台英文学生命的一次凋零、一次冤死！

先夫过世后的第二年，也就是 2011 年的 5 月，感谢"台大中文系"的老友——柯庆明教授为彰显学术伦理，帮我一直没拿到那一本论文的事，写了点申诉意见："我主张 A 大应给被研究者许台英女士一本论文。若许女士对其中访谈或私事，认为有与事实不符部分，应容许许女士另撰说明或补充，并附于该论文之后，作为参考。柯庆明。2011/5/12"——同一天，"台大外文系"系主任梁欣荣教授也亲自签名："我同意柯庆明教授的主张。"

然后，曾任"台大文学院"院长及"中研院欧美所"所长的朱炎教授签完，接着"辅仁大学华裔学志"的汉学家魏思齐教授（波兰人）也觉得这样搞太不像话，同时签名表达抗议。

有一位耶稣会很有圣德的沈东白神父，生前就签好，一断气，他大体就让"辅大医学院"领去当解剖学之用，两年后再还给修会——我们为人妻、为人母的女作家，为献身文学所做必要的自我牺牲，不也跟捐大体的沈神父是同样悲壮的奉献与情操吗？

奋斗许久，好不容易才把学界签署的抗议书呈报"教育部"，由"教育部"跟A大要来那一本论文，正式挂号行文寄给我（"教育部"2011年6月3日——台高二字第×××号函）。我真的累了（先夫走后才一年，我是一个人独居在台北），暂时还不想浪费太多时间精力在这样一件邪恶的损伤里，把自己当祭品陪葬掉！所以，A大为此召开系务会议时，我太累、只先要求把其中错误百出的"许台英写作、生平年表"拿掉而已。

直到2012年，"联经数位公司"方先生等人，帮我做了四本电子书；2014年9月，中国大陆"河南大学、上河卓远"帮我出了简体字版的第一本小说《怜蛾不点灯》及现在这一本《水军海峡二重奏》——许台英的文学生命才又有机会死而复活起来。

我和我两岸出过的许多本拙作，都并不是浩瀚无垠的汪洋大海，大海更不是谁谁谁造的；穷毕生之力，写这样几本微不足道的小书，真的只不过是海滩上、艳阳下——大大小小、花纹奇特、还算多彩多姿、缤纷灿烂的小石头而已——欢迎您抽空到台湾花莲海边迷人的"七星潭"来听听涛声，看看美丽的落日与海浪，捡捡一大片任君挑选的纯白的、灰黑的、棕色的、全黑的……您心爱的小石头！

●

　　大约从五六年前开始，我咬紧牙关、忍受孤独、埋头创作以二次大战、八年抗战及"文革"为背景的长篇小说《船舱》——许许多多将在我小说里陆续出现的各种各样的人物——其中有一位是身为犹太人的史泰茵修女（生于德国）。她是德国纳粹（希特勒于1933年夺得政权）设于波兰的"奥兹维辛集中营"里，于1942年8月9日，不幸殉难、被毒气毒死的天主教"加尔默罗隐修会"修女——史泰茵博士（EdithStein）是现象学大师胡塞尔的大弟子与著名哲学家海德格尔同为胡塞尔的助理，在她（他）们的编辑下，胡塞尔的《内在时间意识的现象学讲演录》于1928年出版（出于【丹】丹·扎哈维所著《胡塞尔现象学》中的导论）。

　　她把现象学的方法应用到各种知识领域去：心理学与精神科学、历史与政治、社会学等，因而也走向终极关怀、人类心灵本质的问题……不断追求真理与救赎。我近年在精读她写的《论移情问题》等，她提到："我所不能排除的、不可以怀疑的东西，是我对事物的体验行为（感知、回忆或其他种类有把握的行为）以及这种体验的相关者，整个'事物现象'（Dingphanomen）……"给我不少启发，也更加深我对她们受苦受难、为主殉道的人生遭遇及悲剧人生的研究兴趣（史泰茵在世的最后一部作品是《十字架的科学》）。——她已于1998年10月11日被教宗封为圣女。

史泰茵修女的学说与著作，都有很深的心理学基础，是值得我们敬佩且谦虚学习的。为能在写小说时，上上下下进出自如到较低或较高层次人物角色肚子里当蛔虫，当然要对心理学、人类学、美学等很了解，如威廉·詹姆斯的《心理学原理》或荣格的、马斯洛的、罗杰斯的心理学……加强作家的基础训练。

●

中国人其实都当感谢，因为先有《长崎·山口的爱与死》所描述的这样一位高风亮节的圣方济·沙勿略神父在远东的牺牲奉献，渴望进入中国，才有后来的利玛窦神父（感谢天主赏赐）影响的中国文明的大跃进；我们都知道，耶稣会神父在漫长的陶成过程除了必修神学等，也要接受两年正式、有学分的文学课程（含心理学）的严格训练。

其实，史泰茵修女所著《论移情问题》不只是现象学巨作，更是像柏格森的许多著作一样，包含同理心等已有深厚心理学素养的经典性、介于学术和大众之间的好作品。创作，常为许多角色（他或她）辩护，以增进人与人的团结与相互了解（托尔斯泰的艺术观）。其他叙事手法等都只是皮肉而已。

说我写的书"重点已不在情节、故事……"——感谢陈思和教授在序里发现我作品的独特风格，也又谦虚又不吝于介绍给中国及华文世界的广大读者……，感恩。

正如我十八岁（约 1968 年左右）不但常读曹禺等作家的好剧本而且渐渐一面求学，一面进入"中央电影公司"写剧本；又开始接触吴尔夫的《海浪》及《灯塔行》等好几本意识流小说；福克纳的《八月之光》《出殡现形记》；后来又有了乔哀思的《尤利西斯》《芬尼根的守灵夜》与普鲁斯特的《追忆似水年华》等的译本，都不断给了我许多创作上新的滋养。

●

我在台湾"联合文学" 1988 年为我出的短篇小说集《怜蛾不点灯》第一版的"后记"——《行动中的默观》里如此写道（感谢主，很快就初版三刷、再版、三版、发行电子书……直到 2014 年 9 月，很幸运又由大陆"河南大学、上河卓远"为我出了第一本简体字版的中短篇小说、同名的《怜蛾不点灯》。加入新写的 12 万字中篇《月光下·秃光的鸡蛋花树》——由衷感激云鹏社长及出品人杨博士的宽容与鼓励）：

"爱是醒悟的根源。爱是对抗死亡的唯一药剂，因为爱就是死亡的兄弟。"——哲学家乌纳穆诺——深切体认爱就是悲悯，"如果肉体因悦乐而结合，那么灵魂将因痛苦而结合。"

（也可参考梅列日科夫斯基所讲的肉身神圣）。

新科学里的默想运动（或归心祈祷），是从"变化意识境界"抽出来的嫩芽——人类意识有无限探索发掘的可能性，而意识又是心灵扩展与增强警觉的科学（浑一而不分你我的意识所见的是唯一）。

人类意识进化的过程就是灵修生活，也是中国文化所说修德成圣——我觉得，想当个有点思想的、自度度人的好作家，修炼与超越（尤其是自我超越），可真是一辈子磨不完的考验与功课吧?!

意识进化的层次，从最低的生物层（自我与物质界混为一体）到心能的、理性意识的成长，再到高级脑神经发展的、精微的、超越意识且常有强烈心电感应能力（超越物质与自我中心意识）；最后，再达到形而上的、超越主客之分的天人合一境界，同时也能上上下下地进出自如（神灵意识）……正如老子所说"复命日常，知常日明"或"常德不离，复归于婴儿"等境界。

文学核心价值所说的风骨与作品风格，与罗素所讲哲学的价值也是相通的："哲学思考能使人摆脱个人那些狭隘的打算，而知识又是自我与非我的结合，它会被支配欲所破坏……心灵若能扩展到变伟大些，就能和那成其为至善的宇宙结合在一起。"

《庄子·大宗师》所说的"坐忘"，在好作家或好读者们，学习专务爱的静观时，应忘怀受造的一切及其作为（如早晚各二十分钟、正确且受过正统训练的静坐），犹如你和上主之间隔着一朵"不知之云"——你也该在你下面，在你与一切受造物之间，放上一朵"坐忘之云"（只因缺少一朵"坐忘之云"，你才远离上主、意识操练进不了神灵界、不大容易在笔下怜悯众生），记得，在进行爱的静观时，把一切无论好坏的人与事，统统搁置在"坐忘之云"以下，我们就有希望能早日体验到威廉·詹姆斯在"圣徒性"里所肯定的"一个内心平静的乐土"。（A paradise of inward tranquility——如仁爱、恬静、慈悲、逆来顺受、忍耐、明智坚忍、喜乐……。）

祝福您，亲们（Dear 朋友们），正如我在我的短篇小说《陶俑》前面所引、我最喜爱的叶慈的诗句：

"来吧，从圣火中，盘旋转动，且教我的灵魂如何歌唱。"

由衷感谢责编雷容的鼓励、海涵与辛劳；也万分感激陈思和教授在百忙中赐序，并以"惊心动魄的感动"形容、肯定《长崎·山口的爱与死》；我自己也一直很喜欢《长崎·山口的爱与死》结尾那充满崇高、信靠与坚忍的受苦（背十字架）情境：圣五伤毕尔神父躺在那里呻吟（两滴泪珠沿着他的面颊流下）说："耶稣，若我不懂应当怎样受苦，请宽恕我……"

因为，"人若为朋友舍命，没有比这爱更大的了。"（若十五：9—17）

我爱，我书写；互勉之。祝福您！

2016 年 5 月 8 日（耶稣升天节·完成初稿）
2016 年 5 月 15 日（圣神降临节·定稿）

台湾艺术大学
通识教育中心师资基本资料

姓　名	许台英
职　称	讲师·专业作家
学　历	台北市立师范学院美术系毕业 美国旧金山大学神学研究所硕士班肄业
经　历	◎ 台北耕莘文教基金会发起人兼董事 ◎ 耕莘写作班班主任 ◎ 台湾电视公司基本编剧 ◎ "中央电影公司"编剧 ◎《联合报》1981 年中篇小说奖得主（《岁修》） ◎《联合报》短篇小说推荐奖得主（《蟹行人》） ◎ "中国文艺"奖章（小说类） ◎ "中华民国笔会"会员 ◎ 高雄市文艺奖得主（舞台剧编导奖） 曾任： ◎ "台湾艺术大学"讲师 ◎ 师范大学华语中心讲师 ◎ "辅仁大学"国语中心讲师 ◎ 空大"现代文学"讲师
教学专长 （任教科目）	◎ 文学·电影与两性关系 ◎ 现代小说创作与欣赏 ◎ 圣经文学与超越美学
著　作	一、已出八本小说 1.《岁修》　《联合报》1981 年度中篇小说奖　联经出版事业公司 2.《茱冠花》　　　　文学丛书 140　　　　洪范书店 3.《怜蛾不点灯》　　联合文学　　　　　　联合文丛 015 4.《水军海峡》　　　文学丛书　　　　　　联经出版事业公司 5.《人生放异彩》　　岛屿文库 33　　　　　林白出版社 6.《写给恩平修女的六封书信》　　　　　　联经出版事业公司 7.《怜蛾不点灯》（简体版）2014　　　　　河南大学出版社 8.《水军海峡二重奏》（简体版）2016　　　作家出版社 二、以二次大战、八年抗战为背景的长篇小说《船舱》 　　（分三册，撰写中）

则济利亚·芸摄于瑞典

图书在版编目（CIP）数据

水军海峡二重奏 / 许台英著. -- 北京：作家出版社，
2018.3

ISBN 978-7-5063-9972-2

Ⅰ. ①水… Ⅱ. ①许… Ⅲ. ①小说集－中国－当代
Ⅳ. ①I247

中国版本图书馆CIP数据核字（2018）第068794号

水军海峡二重奏

作　　者：许台英
责任编辑：雷　容
装帧设计：焚香图文
出版发行：作家出版社
社　　址：北京农展馆南里10号　　邮　　编：100125
电话传真：86-10-65930756（出版发行部）
　　　　　86-10-65004079（总编室）
　　　　　86-10-65015116（邮购部）
E-mail:zuojia@zuojia.net.cn
http://www.haozuojia.com（作家在线）
印　　刷：三河市北燕印装有限公司
成品尺寸：142×210
字　　数：145千
印　　张：6.5
版　　次：2018年5月第1版
印　　次：2018年5月第1次印刷
ISBN　978-7-5063-9972-2
定　　价：32.00元